（臺灣民間故事研討會論文集）

質樸傻趣

尋找臺灣民間故事箇中滋味

孫藝珏◎主編

萬卷樓

目　　次

〈虎姑婆〉原型象徵及其於繪本、動畫之轉化

邱凡芸

摘要

　　〈虎姑婆〉為臺灣流傳極廣之民間故事，其題材亦經常被改編為童書與動畫，可知〈虎姑婆〉故事滿足過去到現在人們某部分精神世界之需求。查考相關研究論述，「臺灣期刊論文索引系統」已有十篇期刊，而「臺灣博碩士論文索引系統」已有三篇碩論。前人之研究，有分析心理原型者，有探討文本類型者，亦有學者論述其於教育上之應用。然而尚未有學者由原型分析角度，詮釋臺灣口傳〈虎姑婆〉象徵，及其於現代繪本、動畫之轉化。故本研究旨於分析臺灣口傳〈虎姑婆〉原型象徵，及其如何轉化為繪本、動畫。本研究採用之方法為「原型分析」與「內容分析」。研究對象為兩岸口傳採錄之〈虎姑婆〉故事類型五十七則文本；臺灣出版之《虎姑婆》繪本五冊；以及Youtube上流傳，點閱率最高之〈虎姑婆〉動畫三部。研究步驟有：一、以榮格原型分析理論探討口傳〈虎姑婆〉心理涵義。二、探討〈虎姑婆〉於臺灣繪本、動畫作品中之轉化。期待透過〈虎姑婆〉口傳文本之原型象徵，及其於繪本、動畫之轉化，更深層地瞭解此則在臺

灣家喻戶曉之民間童話背後所隱含之潛意識世界。

關鍵詞：虎姑婆、原型、象徵、繪本、動畫

一　前言

　　〈虎姑婆〉是在中國流傳甚廣之故事。歷史上的記載，可追溯至吐番（7-9世紀）敦煌古藏文寫卷中的〈白噶白喜和金波聶基〉，以及〈金波聶基兄弟倆和增巴辛姐妹仨〉。藏文民間故事集《尸語故事》第九章〈朗厄朗瓊和賈波擦魯〉為此類故事之異文。漢人典籍中，則有清朝黃之雋的〈虎媼傳〉。[1]金榮華《民間故事類型索引》中編號333C收錄了五十七則虎姑婆類型故事[2]，胡萬川《臺灣民間故事類型》編號333**則收錄了四十二則虎姑婆故事。

　　當代關於虎姑婆類型故事之研究，有的探討各式各樣虎姑婆故事之類別，有的將此篇故事與歐美流傳甚廣的〈小紅帽〉相互比較，有學者則認為虎姑婆與小紅帽兩者為同一類型的故事[3]。不論是虎姑婆類別的研究，或者中外文本的比較只有少數學者以心理分析之理論深入解讀此篇故事，探索何以此則故事得以擄獲人心，在中國代代流傳，至今仍為人津津樂道。故此，本研究欲以心理分析之角度，解析此則廣受孩童喜愛之故事，進而窺探孩童的潛意識世界，如何因著虎姑婆故事得到滿足與成長，並探討虎姑婆故事於現代繪本與動畫中之轉化與涵義。

1　參祈連休：《中國古代民間故事類型研究》，〈隋唐五代時期的民間故事類型：狼外婆型故事〉，頁515-525。
2　此處僅指中國及臺灣之虎姑婆類型故事，不含國外之文本。
3　參陳家瑋：〈老虎婆婆的前世今生：從鄭振鐸先生的《老虎婆婆》說起〉，《科技創新導報》31期（2007年），頁84。

二 虎姑婆故事主要情節分析

筆者搜集五十七則在中國及臺灣之虎姑婆類型故事，將各主要情節分析於下列三個表格。表一為虎姑婆類型故事主要情節之代號，表二為五十七則虎姑婆類型故事之代號，表三則為此五十七則虎姑婆類型故事各情節所佔之比例。該情節所佔比例高者，表示此則故事在流傳之時，該情節廣受大眾歡迎，所以持續保留在故事當中，亦即意味著該情節可以滿足許多孩童潛意識的需要，才會不斷的被傳講與複製。本文之第三部份，則以這些廣受大眾歡迎之情節為探討對象，進行心理分析。

表一：虎姑婆故事情節代號

A離家	A1（父）母親離家遇害、被吃	A2外婆、女長輩離家被吃	A3（父）母親離家	A4小孩離家	
B兄弟姐妹	B1姐妹	B2兄弟	B3姊弟	B4兄妹	B5一人
C妖怪野獸	C1妖怪、野人	C2狼	C3狐	C4虎	C5猿、猴	C6熊
D偽裝親屬	D1母親	D2外婆、女長輩	D3姑婆		
E孩童懷疑	E1考記憶	E2長毛、尾巴	E3衣服、外貌		
F吃人	F1吃最小孩子	F2吃家貓、吃動物	F3吃大孩子		
G啃骨頭	G1啃小孩指頭、趾頭、骨頭	G2吃母親指頭、骨頭	G3吃外婆、女長輩骨頭	G4啃動物骨頭	
H逃跑藉口	H1上廁所	H2其它離開理由			
I逃亡情節	I1爬樹、上閣樓、爬高	I2丟東西變化阻隔			
J怪獸下場	J1掉下繩摔死、淹死、燙死	J2燒死、打死、勒死、淹死	J6吞下藏在果子裡的刀而死	J4被油水茶燙（死）	J5嚇跑、離開
K怪獸化物	K1變成植物	K2變成動物			
L衍生情節	L1植物變小姑娘	L2植物變大姑娘	L3大姑娘結婚	L4小孩變日、月	

表二：虎姑婆民間故事情節一覽表

	地區	篇名	A	B	C	D	E	F	G	H	I	J	K	L
1	山西	門關關草墊墊鐵圪瘩[4]	A1	B1	C3	D1	E2	F1	G2	H1	I1	J1	K1	
2	北京	狼媽媽[5]	A1	B1	C2	D1	E2		G2	H1	I1	J1		
3	臺灣	虎姑婆[6]	A3	B1	C4	D1		F3	G1	H1	I1	J4		
4	臺灣	虎姑婆[7]	A3	B1	C4	D2		F1	G1	H1	I1	J4		L3
5	臺灣	虎姑婆[8]	A3	B1	C4	D3		F3	G1	H1	I1	J4		
6	臺灣	虎姑婆[9]	A3	B1	C1	D3		F1	G1	H1	I1	J4		
7	臺灣	虎姑婆[10]	A3	B3	C4	D3		F1	G2	H1	I1	J4		
8.	臺灣	虎姑婆[11]		B3	C4	D3		F3	G1		I1	J4		
9	臺灣	虎姑婆[12]	A3	B1	C4	D3	E2	F1	G1	H1	I1	J4		
10	臺灣	虎姑婆[13]	A3	B2	C4	D3		F1		H1	I1			
11	臺灣	虎姑婆[14]	A3	B2	C4	D3		F1	G1		I1	J4		
12	臺灣	虎姑婆[15]	A3	B2	C4	D3		F3	G2	H1	I1	J4		
13	臺灣	虎姑婆[16]	A3	B2	C4	D1	E3	F1	G1		I1	J4		
14	臺灣	虎姑婆[17]	A3	B1	C4	D3		F1	G1	H1	I1	J4		

4　參考《中國民間故事集成：山西卷》，頁508-510。

5　參考《中國民間故事集成·北京卷》，頁690-691。

6　參考陳慶浩、王秋桂：《中國民間故事全集：臺灣民間故事集》，頁255-259。

7　參考林川夫：《臺灣民俗四》，頁13-15。

8　參考林川夫：《臺灣民俗七》，頁280-284。

9　參考楊照陽等《台中市大墩民間文學採錄集》，頁100-111。

10　參考陳麗娜等《屏東後堆客家民間故事》，頁105-106。

11　參考陳麗娜等《屏東後堆客家民間故事》，頁107。

12　參考胡萬川等：《彰化縣民間文學集17》，頁132-137。

13　參考胡萬川等：《台南縣民間文學集6》，頁120-127。

14　參考胡萬川等：《台南縣民間文學集6》，頁128-135。

15　參考胡萬川等：《台南縣民間文學集6》，頁137-144。

16　參考胡萬川等：《台南縣民間文學集4》，頁93-104。

17　參考胡萬川等：《台中縣民間文學集33》，頁102-106。

			A	B	C	D	E	F	G	H	I	J	K	L
15	臺灣	老虎婆[18]	A3	B3	C4	D2		F1	G1	H1	I1	J4		
16	臺灣	虎姑婆[19]	A3	B2	C4	D3	E2	F1	G1	H1	I1	J4		
17	臺灣	虎姑婆[20]	A3	B1	C4	D3		F3	G2	H1	I1	J4		
18	臺灣	虎姑婆[21]	A3	B1	C4	D3		F1 F3	G2				K2	
19	臺灣	虎姑婆[22]	A3	B1	C4	D3		F3	G1	H1	I1	J4		
20	臺灣	虎姑婆[23]	A3	B1	C4	D3		F1	G1	H1	I1	J4		
21	臺灣	虎姑婆[24]		B1	C4			F3	G1		I1	J4		L4
22	臺灣	虎姑婆[25]	A3	B1	C4	D3	E2	F3	G1	H2		J4		
23	四川	熊家婆[26]	A3	B1	C6	D2		F1	G1	H1	I1	J3		
24	四川	熊家婆[27]	A3	B1	C6	D2	E2	F1	G1	H1	I1	J3		
25	甘肅	三姐妹除妖[28]	A1	B1	C1	D1	E3			H2	I1	J2		
26	吉林	老虎媽子[29]	A1	B1	C4	D1	E2	F1	G1	H1	I1	J2	K1	L1
27	吉林	老狼婆[30]	A1	B1	C2	D1	E2	F1		H2	I1	J1	K1	L1

18 參考胡萬川等．《苗栗縣民間文學集6》，頁116-124。
19 參考胡萬川等：《桃園縣民間文學集13》，頁130-146。
20 參考胡萬川等：《苗栗縣縣民間文學集11》，頁146-151。
21 參考胡萬川、陳益源等：《雲林縣民間文學集1》，頁120-125。
22 參考胡萬川、陳益源等：《雲林縣民間文學集1》，頁126-131。
23 參考傅素花、陳素主等：《台中縣民間文學集27》，頁48-53。
24 參考傅素花、陳素主等：《台中縣民間文學集27》，頁54-63。
25 參考胡萬川等：《台中縣民間文學集21》，頁116-136。
26 參考《中國民間故事集成：四川卷》，頁528-529。
27 參考《中國民間故事集成：四川卷》，頁1180-1181。
28 參考《中國民間故事集成：甘肅卷》，頁631-635。
29 參考《中國民間故事集成：吉林卷》，頁407-409。
30 參考陳慶浩、王秋桂：《中國民間故事全集：吉林民間故事集》，頁294-300。

28	江西	粗尾巴野狼[31]	A3	B1	C2	D1	E2	F1	G1	H1	I1	J2		
29	江蘇	老臊狐與花花小蛇郎[32]	A1	B1	C3	D2	E2		G1	H1	I1	J2	K1	L1 L2
30	河北	三姐妹[33]	A3	B1	C2	D1	E2	F1	G1	H1	I1	J2	K1	
31	河北	老麻猴[34]	A1	B1	C5	D1	E2	F1	G1	H1	I1	J1		
32	河北	一個善心的老外婆[35]	A1	B1	C2	D1	E2		G2	H1	I1	J1		
33	河南	狼外婆[36]	A2	B1	C2	D2	E2		G3	H1	I1	J1		
34	河南	狼外婆[37]	A2	B1	C2	D2	E2		G1	H1	I1	J1		
35	河南	顛倒筷筷顛倒[38]	A1	B1	C3	D1	E2	F1	G1	H1	I1	J1	K1	L1
36	海南	長妮娘[39]	A3	B3	C5	D1	E2	F1				J4		
37	浙江	老虎外婆[40]	A3	B1	C4	D2	E2	F3	G1	H1	I1	J3		
38	陝西	窗官和門官[41]	A3	B2	C2	D1	E3			H1	I1	J1		

---

31 參考陳慶浩、王秋桂：《中國民間故事全集：江西民間故事集》，頁468-473。

32 參考《中國民間故事集成：江蘇卷》，頁。

33 參考《中國民間故事集成：河北卷》，頁547-551。

34 參考《中國民間故事集成：河北卷》，頁556-559。

35 參考陳慶浩、王秋桂：《中國民間故事全集：河北民間故事集》，頁435-446。

36 參考陳慶浩、王秋桂：《中國民間故事全集：河南民間故事集》，頁431-437。

37 參考《中國民間故事集成：河南卷》，頁441-444。

38 參考《中國民間故事集成：河南卷》，頁447-452。

39 參考《中國民間故事集成：海南卷》，頁395-396。

40 參考《中國民間故事集成：浙江卷》，頁600-601。

41 參考陳慶浩、王秋桂：《中國民間故事全集：陝西民間故事集》，頁470-472。

			A	B	C	D	E	F	G	H	I	J	K	L
39	湖北	人熊家婆[42]	A3	B4	C6	D2	E3	F1	G1	H2	I1	J2		
40	湖南	熊家婆[43]	A4	B1	C6	D2	E3	F1		H1	I1	J5		
41	湖南	狼家婆[44]	A3	B1	C2	D2	E2	F1			I1	J5		
42	湖南	野人婆和冬冬[45]	A3	B5	C1	D2	E3				I1	J2		
43	湖南	野人家家[46]	A3	B1	C1	D2		F1	G1	H1	I1	J2		
44	湖南	紅毛野人[47]	A3	B1	C1	D2	E3	F1		H1		J4		
45	雲南	太陽和月亮[48]	A1	B3	C1	D1	E2	F1	G1	H1	I1	J2		L4
46	雲南	兩姐妹[49]	A1	B1	C1	D1	E2	F1	G1	H1	I1	J2	K1	L3
47	黑龍江	大蘿蔔[50]	A1	B1	C1	D1		F1	G1	H1	I2			
48	寧夏	野狐精兒[51]	A1	B1	C3	D1	E2	F1	G2	H1	I1	J1		
49	寧夏	毛野人[52]	A1	B1	C1	D1	E3	F1	G1	H1	I1	J1	K1	

42 參考《中國民間故事集成：湖北卷》，頁428-430。
43 參考《中國民間故事集成：湖南卷》，頁531。
44 參考《中國民間故事集成：湖南卷》，頁532-533。
45 參考《中國民間故事集成：湖南卷》，頁533-534。
46 參考《中國民間故事集成：湖南卷》，頁534-536。
47 參考《中國民間故事集成：湖南卷》，頁536-537。
48 參考《中國民間故事集成：雲南卷》，頁117-122。
49 參考陳慶浩、王秋桂：《中國民間故事全集：雲南民間故事集》，頁384-391。
50 參考陳慶浩、王秋桂：《中國民間故事全集：黑龍江民間故事集》，頁547-550。
51 參考《中國民間故事集成：寧夏卷》，頁365-368。
52 參考《中國民間故事集成：寧夏卷》，頁368-371。

50	寧夏	吃人婆的故事[53]	A1	B1	C1	D1	E1	F1	G1	H1	I1	J1	K1	
51	福建	虎外婆[54]	A4	B3	C4	D2	E3	F1	G1	H1	I1	J5		
52	廣西	姊弟鬥人熊婆[55]	A3	B3	C1	D2	E2	F2	G4	H2	I1	J2		
53	廣西	巧姐鬥人熊[56]	A3	B3	C1	D1	E3	F1		H1	I1	J5		
54	廣西	姐弟鬥奶耶[57]	A3	B3	C1	D2	E2	F2		H2	I1	J2		
55	遼寧	老虎媽子[58]	A1	B1	C4	D1	E2		G1		I1	J1	K1	
56	遼寧	釘錦兒和他的姐妹[59]	A1	B1	C4	D1	E2	F1	G1	H1	I1	J1	K1	L1
57	遼寧	羆狐精[60]	A2	B1	C3	D2	E2	F1	G1	H1	I1	J1	K1	L2

---

53 參考陳慶浩、王秋桂：《中國民間故事全集：寧夏民間故事集》，頁388-396。
54 參考《中國民間故事集成：福建卷》，頁604-605。
55 參考《中國民間故事集成：廣西卷》，頁454-458。
56 參考《中國民間故事集成：廣西卷》，頁458-460。
57 參考陳慶浩、王秋桂：《中國民間故事全集：廣西民間故事集一》，頁321-333。
58 參考《中國民間故事集成：吉林卷》，頁407-409。
59 參考陳慶浩、王秋桂：《中國民間故事全集：遼寧民間故事集一》，頁487-490。
60 參考陳慶浩、王秋桂：《中國民間故事全集：遼寧民間故事集二》，頁508-516。

表三：虎姑婆民間故事主要情節統計表

A離家 55則 （96%）	A1 （父）母親離家遇害、被吃	A2外婆、女長輩離家被吃	A3 （父）母親離家	A4小孩離家		
	17則 （30%）	3則 （5%）	33則 （60%）	2則 （4%）		
B兄弟姐妹 57則 （100%）	B1姐妹	B2兄弟	B3姊弟	B4兄妹	B5一人	
	40則 （70%）	6則 （10%）	9則 （16%）	1則 （1%）	1則 （1%）	
C妖怪野獸 55則 （96%）	C1妖怪、野人	C2狼	C3狐	C4虎	C5猿、猴	C6熊
	13則 （24%）	9則 （16%）	5則 （9%）	24則 （44%）	2則 （4%）	4則 （7%）
D偽裝親屬 56則 （98%）	D1母親	D2外婆、女長輩	D3姑婆			
	23則 （41%）	18則 （32%）	15則 （27%）			
E孩童懷疑 38則 （66%）	E1考記憶	E2長毛、尾巴	E3衣服、外貌			
	1則 （2%）	27則 （71%）	10則 （26%）			
F吃人 49則 （86%）	F1吃最小孩子	F2吃家貓、吃動物	F3吃大孩子			
	37則 （76%）	2則 （4%）	10則 （20%）			

G啃骨頭 46則 （80%）	G1啃小孩指頭、趾頭、骨頭	G2吃母親指頭、骨頭	G3吃外婆、女長輩骨頭	G4啃動物骨頭		
	36則（78%）	8則（17%）	1則（2%）	1則（2%）		
H逃跑藉口 48則 （84%）	H1上廁所	H2其它離開理由				
	42則（88%）	6則（1%）				
I逃亡情節 53則 （93%）	I1爬樹、上閣樓、爬高	I2丟東西變化阻隔				
	52則（98%）	1則（1%）				
J怪獸下場 55則 （96%）	J1掉下繩摔死、淹死、燙死	J2燒死、打死、勒死、淹死	J3吞下藏在果子裡的刀而死	J4被油、水、茶燙（死）	J5嚇跑、離開	
	15則（27%）	12則（22%）	3則（5%）	21則（38%）	4則（7%）	
K怪獸化物 13則 （23%）	K1變成植物（大白菜）	K2變成動物				
	12則（92%）	1則（7%）				
L衍生情節 11則 （19%）	L1植物變小姑娘	L2植物變大姑娘	L3大姑娘結婚	L4小孩變日、月		
	5則（45%）	2則（18%）	2則（18%）	2則（18%）		

　　表三可將虎姑婆類型故事區分為十二個主要情節：A家中的母親或長輩離開家（佔96%）；B家中只剩下兄弟姐妹互相照應（佔100%）；C附近有可怕的妖怪或野獸（佔96%）；D妖怪或野獸偽裝成母親或者女性長輩（佔98%）；E孩童懷疑化為人形的怪獸（佔66%）；F孩童發現怪獸吃人（佔86%）；G怪獸啃人的手指、腳趾、骨頭（佔80%）；H聰明的孩童藉口逃跑（佔84%）；I逃亡爬上樹或者閣樓情節（佔93%）；J怪獸死亡或逃跑的結局（佔96%）；K怪獸死亡後變成植物或動物（23%）；L怪獸化成的植物裡生出姑娘（被吃掉的孩子）與人婚嫁（19%）

　　前十項A到J，除了E之外，於此五十七則虎姑婆類型故事裡的情節均超過80%，E則超過60%。情節K以及L佔了20%左右，似乎是較不重要衍生出來的情節，然而心理層面卻隱含重要的意義，故列入探討範圍。

三　虎姑婆類型故事心理分析

　　坎柏（Joseph Campbell）在其名著《千面英雄》（The Hero With A Thousand Faces）中，將英雄的歷險分為「啟程」（Departure）、「啟蒙」（Initiation）、「回歸」（Return）三個部份，不論是以哪一種面貌呈現的英雄，都必須經歷過冒險磨難的旅程，最後成功歸來。

　　人從依賴父母的孩童，成長到可以脫離父母獨立自主的成人，亦是一段生命的旅程。虎姑婆故事正是這一段孩童心靈冒險之旅的紀錄，孩童在反覆聽聞成人講述虎姑婆故事時，在潛意識層面上經歷了「啟程」、「啟蒙」以及「回歸」的過程，最

後成長為獨立自主之成人，經歷「個體化過程」（The Process of Individuation）[61]之旅。

（一）啟程

在筆者搜集之五十七篇虎姑婆故事中，有百分之九六敘述了父母必須外出遠行，以致於孩童必須獨自留在家中過夜的情節。剩餘百分之四未提到父母離家的，則以孩童與兄弟姐妹在家，家中無成人為故事之開始。有趣的是，大部分的文本提到的，都是母親離開家探訪娘家的情節，只有少部分文本提到父親外出工作。

自生命孕育的開始，嬰兒完全依賴母親的供應，及至出生後，從嬰兒到孩童的過程，主要照顧孩童的角色仍為母親。文本一開始經常提到，母親因為種種不得已的原因，必須離開家中，留下幼小的孩童們獨自在家過夜，心中的各樣牽掛，化成口中一句又一句要孩子注意安全的話語，特別是「不可以讓陌生人進到家裡」的交代。故事中孩子們沒有什麼選擇權，吵吵鬧鬧想跟母親出門的孩子，大多因著種種因素，最後還是被留在家中。有的文本，則是母親告別孩童，還沒有走到娘家，就被怪獸吃掉了。

父母親離家或者死亡，意味著孩童必須獨自面對困難與挑戰，任何的困難（照顧弟妹的責任，以及面對虎姑婆的威脅），都不再有父母或長輩可以諮詢或協助了。此處象徵孩童成長旅程的開始，不管孩童願不願意長大，隨著時間的流逝，在生理以及

---

61 關於「個體化過程」之理論，參考榮格(C. G. Jung)主編之《人及其象徵》（*Man And His Symbols*）中收錄弗蘭茲（M. L. von Franz）文章〈個體化過程〉（*The Process of Individuation*）。

心理上，孩童都必須成長，伴隨成長而來的，就是承擔責任、解決難題。

（二）啟蒙

在此五十七則虎姑婆類型故事中，孩童獨自留在家的，高達百分之七十是姐妹。女性力量比男性弱，孩童的力量比成人小，虎姑婆故事情節中以姐妹單獨在家為主，意味著弱小的孩童要獨自面對狡猾且力量強大的怪獸，不可能以力量勝過對方，只能夠「智取」。

孩子不論是兩人或三人在家，通常年紀較大的孩子較聰明，虎姑婆來敲門的時候，會以各樣的問題將虎姑婆擋在門外，而年紀較小的孩子，常是迫不及待要開門讓裝扮成媽媽的虎姑婆進門之角色。當然，被虎姑婆吃下肚子裡的，通常是年紀最小的孩童（在蒐集的文本中佔76%），或者較愚笨，沒有防備心的小孩。此處，故事將孩子劃分為年紀小、年紀大，或者愚笨、聰明兩種對比，在心理層面可以視為「童稚」以及「成熟」兩種人格。

年紀小或較愚笨的孩童，仍舊在童稚的人格階段，心理上依賴母親，虎姑婆一敲門，立刻迫不及待開門放虎姑婆進入家中。虎姑婆一問有誰要和牠同床，年紀小的孩童也立刻一口答應，以至於變成虎姑婆的宵夜。

年紀大或較聰明的孩子，人格逐漸發展成熟。父母離家時，在心理上已經脫離了父母，負擔起照顧弟妹的責任，也明白自己力氣贏不過虎姑婆，必須靠頭腦勝過難關。所以當虎姑婆在門外叩門時，聰明的孩子會辨識是否為真的母親；當虎姑婆邀請同床共眠時，聰明的孩子會拒絕；當虎姑婆卡吱卡吱咬著弟妹的手指

頭時，聰明的孩子知道要鎮靜，以尿遁為藉口爬到高處，再用計殺了虎姑婆。

虎姑婆有各式各樣的面貌，可以是妖怪、野人、狼、虎、狐、熊等等，她喜歡以母親、外婆、奶奶等等女性照顧者的裝扮出現，誘拐心智尚未成熟的孩童，並邀請孩子與牠共枕，接著一口吃下仍舊戀慕母親的孩童。不管何種面貌的虎姑婆，在潛意識的層面，均象徵孩童拋棄童稚步入成年的試煉。孩童若打開大門、張開雙手迎接虎姑婆像母親一樣，就會被虎姑婆吃掉，象徵孩童之人格成熟度，仍舊停留在童稚時期，尚未進一步發展。孩童若能辨識、抗拒最後打敗偽裝成母親的虎姑婆，則象徵孩童在心理層面已經脫離對母親的依賴進入成年。

（三）回歸

虎姑婆都死了，但故事尚未結束。部份文本敘述父母妹妹都死了，姊姊獨自一個人很孤單，遇見一個年輕男子（或者正好遇到她的男朋友來找她），兩個人決定結婚成家立業，共渡此生。另外，尚有約百分之二十的記載，敘述死掉的虎姑婆被埋在地下，變成大白菜或其它植物的情節。通常是一個年輕男性的賣貨郎經過，將大白菜挑回家，白菜蹦出一個美麗的姑娘，就是先前被虎姑婆吃掉的小妹妹。有的故事說賣貨郎直接娶了這姑娘為妻，有的故事則說賣貨郎將這姑娘嫁給蛇郎（與蛇郎君的故事結合）。

不論是歷險後的姐姐，或者從大白菜蹦出來的姑娘，「結婚」是通過考驗成為大人後共同的主題。通過考驗的姐姐，證明她成熟的人格以及機智的頭腦，足以與另一個男子互結連理。

至於被虎姑婆吃下肚子的妹妹呢？她因著自己的無知稚嫩，以及對母親的依戀，進了虎姑婆的肚子，經歷了死亡後，重生。在心理層面經歷死亡的妹妹，不再是孩童，也不會再受騙（依戀母親），與姐姐一樣成為成熟的女人，可以步入婚姻。

四　虎姑婆於繪本、動畫中之轉化

　　除了口傳民間之搜集記錄外，〈虎姑婆〉亦經常被取用成為現代繪本或動畫之題材。以下表四為筆者蒐集之《虎姑婆》繪本故事五則，及其對照表一之情節代號。

表四：虎姑婆繪本情節一覽表

	出版社 出版年	書名	A	B	C	D	E	F	G	H	I	J	K	L
1	華一 1988	虎姑婆阿龍與阿花	A3	B3	C4	D3	E2	F1	G1	H1	I1	J4		
2	光復 1991	虎姑婆	A1	B1	C4	D1	E2	F1	G1	H1	I1	J1		
3	石綠文化 2002	臺灣囝仔故事：虎姑婆	A3	B1	C4	D3	E2	F1	G1	H1	I1	J4		
4	上人文化 2003	虎姑婆	A3	B3	C4	D3	E3	F1	G1	H1	I1	J4		
5	臺灣麥克 2006	虎姑婆	A3	B5	C4	D3	E2			H1	I2	J5		

　　由表四可發現口傳民間故事到繪本創作，有下列幾項特點：

（一）〈虎姑婆〉故事情節主架構大致相仿

由表四所列五冊繪本之情節，可知A離家、B兄弟姐妹、C妖怪野獸、D偽裝親屬、E孩童懷疑、F吃人、G啃骨頭、H逃跑藉口、I逃亡情節、J怪獸下場，這幾項情節主要架構並未改變。與大部份臺灣口傳〈虎姑婆〉故事情節相仿，並未提及K怪獸化物、L衍生情節。反映潛意識心理中的啟程、啟蒙過程，仍為繪本創作者所重視。

（二）敘述文辭較細膩優美

繪本敘述文辭較口傳民間故事更細膩優美。例如在口傳民間故事中，經常三言兩語就交代完母親離家，囑咐孩子不可開門，得提防虎姑婆夜訪之情節。在光復版的繪本中，由故事開頭的前言，到母親離家，以五頁之圖文篇幅，詳細記錄母親與三個女兒的對話，大妞要替母親提籃子；二妞要去跟外婆撒嬌；小丫頭只是愛湊熱鬧，透過母女間的對話，呈現三位女孩不同的個性。

（三）加入部分改編情節

雖然主要情節未變，繪本作者亦常加入自己的想像與創作。例如在口傳民間故事中，通常僅敘述虎姑婆吃小孩，強調虎精愛吃小孩的特性。在臺灣麥克版的繪本中，虎姑婆除了愛吃小孩外，還強調虎精熱愛搜集孩子身上的小飾品，虎精身上的飾品越多，表示曾經吃掉的孩子越多，越了不起。

表五為以「虎姑婆」搜尋Youtube，出現三則點閱率最高之虎姑婆動畫，及其對照表一之情節代號。

表五：虎姑婆動畫情節一覽表

	A	B	C	D	E	F	G	H	I	J	K	L
甲、虎姑婆[62]（點閱率659,288次）	A3	B3	C4	D3	E2							
乙、虎姑婆[63]（點閱率：上集128,227次；下集26,708次）	A3	B3	C4	D3		F1	G1		I1	J4		
丙、虎姑婆[64]（點閱率189,201次）		B3	C4		E2		G1					

由表五可發現口傳民間故事到動畫創作，有下列幾項特點：

（一）加添逗趣情節

口傳民間故事之虎姑婆，通常直接敘述故事情節之發展。動畫創作，則增加許多逗趣情節。例如表五中之甲虎姑婆情節，姐姐發現虎姑婆的尾巴，以為是一條蛇，拿起板子猛敲，最後以蠟燭燒燙，畫面呈現虎姑婆剛開始忍耐痛楚，到最後受不了而衝到水缸的表情，沖淡原本恐怖氣氛，增加許多幽默感。又如表五中之丙虎姑婆情節，姐姐將奶嘴製作成一整盒的小孩手指頭，送到虎姑婆面前，虎姑婆抓起猛吃中毒，一旁的小弟弟看到饞嘴也想吃的模樣，恐怖與逗趣同時呈現。

---

62 參考網址http://www.youtube.com/watch?v=FPn7mmI4Y_s。參考日期2013年6月24日。

63 參考網址（上集）http://www.youtube.com/watch?v=R-St8a0tWd4。（下集）http://www.youtube.com/watch?v=Z53cNW_r-fs。參考日期2013年6月24日。

64 參考網址http://www.youtube.com/watch?v=b1QkM2e7asE。參考日期2013年6月24日。

（二）強調道德涵義

　　動畫虎姑婆透過對話，強調某項好品德。例如表五中之甲虎姑婆情節，虎精化成老先生之人形，帶著有毒的糖葫蘆到處騙小孩，前面兩個孩子都因為「貪吃」而被抓；又如表五中之乙虎姑婆情節，小弟個性不聽話且貪吃，下場就是成為虎姑婆的美食。意味著不聽話、貪吃是不好的行為，具有道德教育涵義。

（三）已發展出反思之情節

　　動畫虎姑婆已發展出反思之情節。例如表五中之丙虎姑婆情節，整部動畫幾乎僅靠畫面進行，動畫預設閱聽者早已熟悉口傳民間之虎姑婆故事，故意設計類似虎姑婆來訪之情節為開始，進而發展至虎姑婆吃小孩，接著劇情轉入姐姐拿預備好的手指頭（有毒奶嘴）給虎姑婆大快朵頤，最後鏡頭轉入姐弟工作室內吊掛一些虎皮，姐姐製作中藥，虎姑婆被關在籠子裡待宰的畫面。顛覆了虎姑婆原本的情節與欲表達之涵義。

五　結論

　　從心理分析探索虎姑婆類型故事，可以得知孩童在聽聞或閱讀此則故事時，透過對故事中主角的身分認同，在潛意識中經歷了正反兩個角度心靈成長的冒險旅程。一方面，孩童對聰明大孩子之認同，讓他知道要學習獨立成熟，面對困難時要以智取勝；另一方面，孩童對被虎姑婆吃掉的小孩子之認同，讓他在潛意識中經歷了死亡以及重生，在現實世界則告訴自己不可以如此依戀父母，否則有天不再能依靠父母時，他將面臨死亡的危險。無論

孩童在閱讀故事時，認同哪一個角色，經歷過英雄的冒險，最終心靈均得到成長與啟發，不再停留在童稚階段，朝著成熟獨立的個體發展。而口傳民間故事改寫為繪本或動畫，有較寬廣之空間。既可選擇原汁原味地呈現口傳民間故事之精髓，滿足孩童心靈之潛意識世界；亦可或多或少地改編，添加作者巧思與創意，訴說屬於我們這個時代的虎姑婆故事。

參考文獻

（依作者姓氏筆畫順序排列）

一　專書

坎伯（Campbell, Joseph）　《千面英雄》　臺北縣　立緒文化
　　事業公司　1997年

榮格（Jung, Carl）　《人及其象徵》　臺北縣　立緒文化事業
　　公司　1999年

中國民間文學集成全國編輯委員會　《中國民間故事集成：山西
　　卷》　北京市　中國文聯出版公司　1999年

中國民間文學集成全國編輯委員會　《中國民間故事集成：北京
　　卷》　北京市　中國文聯出版公司　1998年

中國民間文學集成全國編輯委員會　《中國民間故事集成：四川
　　卷》　北京市　中國文聯出版公司　1998年

中國民間文學集成全國編輯委員會　《中國民間故事集成：甘肅
　　卷》　北京市　中國文聯出版公司　2001年

中國民間文學集成全國編輯委員會　《中國民間故事集成：吉林
　　卷》　北京市　中國文聯出版公司　1992年

中國民間文學集成全國編輯委員會　《中國民間故事集成：江蘇
　　卷》　北京市　中國文聯出版公司　1998年

中國民間文學集成全國編輯委員會　《中國民間故事集成：河北
　　卷》　北京市　中國文聯出版公司　2003年

中國民間文學集成全國編輯委員會　《中國民間故事集成：河南卷》　北京市　中國文聯出版公司　2001年

中國民間文學集成全國編輯委員會　《中國民間故事集成：浙江卷》　北京市　中國文聯出版公司　1997年

中國民間文學集成全國編輯委員會　《中國民間故事集成：海南卷》　北京市　中國文聯出版公司　2002年

中國民間文學集成全國編輯委員會　《中國民間故事集成：湖北卷》　北京市　中國文聯出版公司　1999年

中國民間文學集成全國編輯委員會　《中國民間故事集成：湖南卷》　北京市　中國文聯出版公司　1998年

中國民間文學集成全國編輯委員會　《中國民間故事集成：雲南卷》　北京市　中國文聯出版公司　2003年

中國民間文學集成全國編輯委員會　《中國民間故事集成：寧夏卷》　北京市　中國文聯出版公司　1999年

中國民間文學集成全國編輯委員會　《中國民間故事集成：福建卷》　北京市　中國文聯出版公司　1998年

中國民間文學集成全國編輯委員會　《中國民間故事集成：廣西卷》　北京市　中國文聯出版公司　2001年

王家珍、王家珠　《虎姑婆》　臺北市　臺灣麥克　2006年

林川夫　《臺灣民俗七》　臺北市　武陵出版社　1999年

林川夫　《臺灣民俗四》臺北市　武陵出版社　1998年

金榮華　《民間故事類型索引》　臺北縣　中國口傳文學學會　2007年

祈連休　《中國古代民間故事類型研究》　石家庄市　河北教育出版社　2007年

胡萬川　《臺灣民間故事類型》　臺北市　里仁書局　2008年

胡萬川、王正雄等　《台中縣民間文學集33》　臺中縣　臺中縣
　　立文化中心　1999年

胡萬川、陳益源等　《雲林縣民間文學集1》　雲林縣　雲林縣
　　文化局　1999年

胡萬川等　《台中縣民間文學集21》　臺中縣　臺中縣立文化中
　　心　1996年

胡萬川等　《台南縣民間文學集4》　臺南縣　臺南縣文化局
　　2001年

胡萬川等　《台南縣民間文學集6》　臺南縣　臺南縣文化局
　　2001年

胡萬川等　《苗栗縣縣民間文學集11》　苗栗市　苗栗縣文化局
　　1998年

胡萬川等　《苗栗縣縣民間文學集6》　苗栗市　苗栗縣文化局
　　1998年

胡萬川等　《桃園縣民間文學集13》　桃園市　桃園縣文化局
　　2002年

胡萬川等　《彰化縣民間文學集17》　彰化市　彰化縣文化局
　　2002年

陳木城　《虎姑婆》　臺北市　光復書局　1991年

陳慶浩、王秋桂　《中國民間故事全集：吉林民間故事集》　臺
　　北市　遠流出版公司　1989年

陳慶浩、王秋桂　《中國民間故事全集：江西民間故事集》　臺
　　北市　遠流出版公司　1989年

陳慶浩、王秋桂　《中國民間故事全集：河北民間故事集》　臺

北市　遠流出版公司　1989年

陳慶浩、王秋桂　《中國民間故事全集：河南民間故事集》　臺北市　遠流出版公司　1989年

陳慶浩、王秋桂　《中國民間故事全集：陝西民間故事集》　臺北市　遠流出版公司　1989年

陳慶浩、王秋桂　《中國民間故事全集：雲南民間故事集》　臺北市　遠流出版公司　1989年

陳慶浩、王秋桂　《中國民間故事全集：黑龍江民間故事集》　臺北市　遠流出版公司　1989年

陳慶浩、王秋桂　《中國民間故事全集：寧夏民間故事集》　臺北市　遠流出版公司　1989年陳慶浩、王秋桂　《中國民間故事全集：臺灣民間故事集》　臺北市　遠流出版公司　1989年

陳慶浩、王秋桂　《中國民間故事全集：廣西民間故事集一》　臺北市　遠流出版公司　1989年

陳慶浩、王秋桂　《中國民間故事全集：遼寧民間故事集一》　臺北市　遠流出版公司　1989年

陳慶浩、王秋桂　《中國民間故事全集：遼寧民間故事集二》　臺北市　遠流出版公司　1989年

陳麗娜等　《屏東後堆客家民間故事》　臺北市　口傳文學會　1996

傅素花、陳素主等　《台中縣民間文學集27》　臺中縣　臺中縣立文化中心　1998年

華一書局編輯委員會　《虎姑婆》　桃園市　上人文化出版社　2003年

華一書局編輯委員會　《虎姑婆阿龍與阿花》　臺北市　華一書局公司　1988年

楊照陽等　《台中市大墩民間文學採錄集》　臺中市　臺中市文化局　1999年

劉守華　《中國民間故事史》　武漢市　湖北教育出版社　1998年

謝敬森　《臺灣囝仔故事：虎姑婆》　臺北市　石綠文化　2002年

二　期刊論文

胡　芸　〈多民族狼外婆故事母題淺議〉　《忻州師範學院學報》　18卷1期　2002年　頁34-38

陳家瑋　〈老虎婆婆的前世今生：從鄭振鐸先生的《老虎婆婆》說起〉　《科技創新導報》　31期　2007年　頁84

《一個傻蛋賣香屁》
的改寫與省思

顏志豪

摘要

　　民間故事承載著民族間共同的記憶，改寫的意義在於能將古老的故事，再度使用新的時代語言詮釋，使得現在的孩子仍舊可以嗅聞得到那股雋永的芬芳。

　　筆者於去年與親子天下出版社合作，改寫民間故事〈賣香屁〉。出版社以橋梁書的概念包裝，使得〈賣香屁〉這個民間故事真的有點不一樣，透露出現今兒童讀物的時代意義。

　　而筆者試圖轉化作者的角色，以研究者的態度觀看所創作的文本，再從文本當中，釐清文本所潛藏的寫作手法與態度，是否不自覺受了出版社的引導、自身對於民間故事的刻板印象，或者改寫的概念影響創造出此作品。筆者將徘徊在作者與研究者角色的互換中，解讀對話同一個文本，對話其中，勢必有趣精采。

　　另則，《一個傻蛋賣香屁》屬於親子天下橋梁書【閱讀123】書系中的子系列【嬉遊民間故事集】的作品，出版社的出版策略，絕對影響作者改寫的樣貌，出版社如何包裝，是否符合出版宗旨：「遵循古法，全新釀造。」以及審視是否符合他們「不變」、「變」、「可讀性」、「時代性」四種目標，筆者也

會穿梭在作者與研究者間，加以探索討論，《賣香屁》如何變成一個商品，而不再單純只是個故事，觀察之間所代表的時代意義。

關鍵字：賣香屁、民間故事、改寫

一 前言

　　二〇一二年獲親子天下的邀請，接下〈賣香屁〉的改寫計畫，告知希望將此故事改編成約略五千多字左右的篇幅，並歸類在【閱讀123】橋梁書的【嬉遊民間故事集】子系列當中，並且在主編的建議之下，朝著「現代化」的方向前進，希望能創造出適合現代孩子的民間故事的方向努力。

　　在出版社的告知之下，知道這個故事要以「橋梁書」的方式呈現。所謂橋梁書，顧名思義即是在文字量較少的圖畫書與文字量較多的小說中，為小讀者所搭建而成的文類。橋梁書的文字量與插圖的比例，近乎各半，因此每頁的版面，仍舊能看到插圖相伴，不至於使得小讀者感覺版面只有黑白文字的單調排列而挑食不吃，於是在知曉故事將以橋樑書的概念製作後，也努力朝著畫面感的文字與童趣化的敘述兩個方向前進。

　　此文將著力於本身的創作改寫過程，再從中發現許多無意識的書寫過程中，背後所帶來的意義與創作觀。靠著回想自身的創作過程，重新檢驗改寫的文本，思考民間故事的意義價值到底在哪裡？只是商品？或者是代表著一種價值？

　　故事終究會變成一個商品被販賣，這是所有故事的共同命運。不過對於改寫的故事，「商品化」的程度更是加劇，原因在於改寫故事已經固定情節架構、故事寓意與故事人物，於此情況下，我認為改寫的過程其實就是包裝的過程，包裝成我、出版單位和預設小讀者會喜歡的「商品」（產品）。

　　當然，我也希望此作品能暢銷，深受小讀者喜愛，若是小讀者不被這個故事所吸引，其他的就不必再談，討好小讀者變成改

寫的重要指標之一。不過，在討好小讀者之前，必須先討好出版社，創作出版社喜歡的作品。

還有，換個角度思考，既然這個故事由我來改寫，必須有我自己的寫作風格與想法，否則為什麼找我改寫？換成誰來改寫不是都一樣，因此我（創作者）成為此創作團隊中最為重要的角色。

就在各個單位（我所想像的讀者、創作者（我）、出版社（編輯））的各懷鬼胎以及角力之下，這本橋梁書《一個傻蛋賣香屁》就此誕生，開始在各書局販售。在創作完後，現在我還要再次重新轉化角色，扮演評論者與創作者的雙重角色，為這本書再度執筆創作，試圖捕捉改寫故事的過程，分別就改寫主旨的設定、改寫角色的設定，以及改寫情節的設定三個部分討論。

二 改寫主旨設定

〈賣香屁〉是個耳熟能詳的民間故事，更被改寫過許多的版本，在確定改寫〈賣香屁〉後，開始蒐集能找到的版本，就在自己能力所及，和評估過後故事情節較為不同者，選出四個版本進行比較分析：第一個版本，黃得時在《臺灣民間故事精選》中的版本；第二個版本是《臺灣民間故事第一集》中的版本；第三個版本是石綠文化事業有限公司的版本；第四個版本是遠流出版事業股份有限公司出版的版本。筆者預計從這四個版本中當做參考的模型，寫出全新版本的〈賣香屁〉（也就是現在的《一個傻蛋賣香屁》）。本書的監製林文寶教授於推薦文中，提出此系列【嬉遊民間故事集】中，必須符合四項原則：

1. 「不變」：從傳統故事中選取主要的故事骨幹。

2. 「變」：融入可引起孩子興趣的角色和情節。

3. 「可讀性」：文字兼具文學性與趣味性。

4. 「時代性」：故事安排，情節轉折貼近現代孩子。

（詳見《一個傻蛋賣香屁》，頁97）

　　其中，關於第一點「不變」，指的是對於故事骨幹的不變，易言之，至少還可讓讀者認出這是一個賣香屁的故事，否則改寫過的文本就沒有任何的意義。不過也發現四個版本之中，雖然主旨寓意大致而言，都是善有善報，惡有惡報的道德教訓，但卻有些微的差異。

　　從四個版本之中，大概的情節架構都相當類似，兄弟分家，弟吃虧但卻得到幫助，最後以香屁賺得錢財，兄卻因貪心嫉妒得到懲罰。雖然如此，但是其中的主題寓意卻有些微的不同，相當有趣。在四個版本之中，其實都可以發現故事當中的主旨寓意都已經呈現在文本裡，可以找到一些蛛絲馬跡，整理如下：

版本	版本一（黃得時文）	版本二（臺灣民間故事）	版本三（石綠文化）	版本四（遠流出版社）
文本文字	哥哥這時才知道弟弟的真情，感激得連淚都流出來，並且緊握弟弟的手，堅決的表示說：「以後我絕對不會再做壞事啦！從今天起！我決意要棄邪歸正，重新做人了。」（結尾文字）	這存心不良的阿兄是死得多麼的悲慘，他為人這麼兇惡，只圖發財，不顧手足之情，到頭來當然不會善終的呀！（結尾文字）	引導孩童了解到兄弟姊妹之間要互相幫忙照顧，不可互相算計。（封底）	一好一壞兩兄弟，貪心帶給哥哥懲罰，知足卻為弟弟帶來財富。（封底書籍簡介）
寓意	好人好報，改邪歸正為時不晚	壞人壞報	兄弟情感	貪心致禍，知足致富

　　參考了四個版本後，我必須從這個故事中，找出適合這個時代的主旨，才能重新定位故事，這也是整個改寫過程當中，最重要的一環。最後，我選擇「傻」這個主題，當作是故事的宗旨，彰顯時代性的變化，試圖製造出雖然乍看之下是同樣的故事，卻講求不同的人生觀。好人好報，壞人壞報，似乎是亙古不變的道理，不過，在某些時候，好壞之分又難以辨別，這個道理彷彿又沒得準。於是，比起好壞的二元對立，我更想專注在事情發生之後角色所反應出來的態度和人生觀。〈賣香屁〉故事強調弟弟的老實與好心腸，最後終至帶來好的命運，我認為弟弟有著「傻蛋精神」，但是卻極少刻劃當弟弟被哥哥欺負的時候，他那時候的心情，因此傻蛋精神就是這本書的主旨。

　　許多人遭受到不平之事，或者困難的時候，總是怨天尤人，

氣憤不滿，但是對於事情根本沒有絲毫幫助，情緒風暴常會使人陷入作繭自縛的負面情緒漩渦當中，而「傻蛋精神」強調在情緒受到波動的時候，藉著工作、唱歌等活動，轉移注意力，逐漸回歸到正軌，這是一種樂觀積極的態度。因此設定了老爸在過世前，送給傻蛋的遺言是：「難過，難過，真難過，用心工作就會過。」雖然傻蛋一直記錯，在他心愛的狗來福死掉後，把老爸的話記錯為：「難過，難過，真難過，用心工作就會過。」；在好話鳥死後，把老爸的話記錯為：「難過，難過，真難過，用心祝福，就會過。」在看到梨樹被砍倒後，把老爸的話記錯為：「難過，難過，真難過，用心唱歌，就會過。」無論此句話如何變形，都符合傻蛋精神：凡事不多想，努力過生活。

我選擇使用兒童文學創作常使用的重複技巧，使得這句話，也是本書的中心主旨，宛若一條隱形的絲線，貫穿整個故事，也巧妙作為情節脈絡的分界，使得故事脈絡更為分明。人生在世，難免受到挫折，若是能調整心態正向面對，相信沒有難關會過不去，心情能很快的恢復穩定，繼續往前。

而最後出版社選擇《一個傻蛋賣香屁》當做書名，更突顯故事所要表達「傻」的精神，自古有言：傻人有傻福。《一個傻蛋賣香屁》體現這個中心主旨，即使賈傻蛋傻到使讀者百般生氣，不過總是會有角色的幫助，幫他化險為夷，度過難關，更體現傻人有傻福的主旨，之間更隱藏著「不計較」所帶來的福氣。

三　改寫角色設定

確立主旨以後，接下來是角色的決定。角色方面較為簡單，

正派角色為弟，反派角色為弟，壁壘分明，兩個演起雙簧，就足以支撐故事脈絡。不過，在此段我將以正派（主角）性格的設定、反派角色的設定，以及寵物配角的設定三個方面談論角色的選擇。

（一）正派（主角）性格的設定

　　這個故事的主角理當演繹我所設定的主旨寓意：「傻蛋精神」，因此為呼應主題，刻意在名字的選擇也花些巧思安排，刻意選擇弟弟叫做：「賈傻蛋」，哥哥為「賈聰明」，兄嫂為「曾蕪晴」。「賈」字與「假」同音，與其名「傻蛋」與「聰明」反而形成一種倒置的趣味，表面上的傻蛋，卻非真的傻，看起來聰明，實際上卻非真的聰明，當然「曾蕪晴」的名字，暗諷著兄嫂「真無情」。透過諧音的效果，使得名字與角色的個性相互連結暗喻，達到一種滑稽的趣味。

　　關於賈傻蛋的個性，設定為一個知足不計較，甚至有點傻憨的可愛個性。傻裡傻氣的個性，會使得讀者又疼愛又氣憤，既愛他的善良，卻又心疼他的遭遇，甚至氣憤他怎麼如此的憨傻，這就是傻所帶來的魅力。

　　像賈傻蛋這樣的人物，其實充斥在臺灣的每一個小角落，他們沒有顯赫的家世背景與雄厚的財力，只能依著自己所長，默默的耕耘付出，為的只是求一頓溫飽和使得自己的妻兒能不挨餓。若是遇到不公平的事情，只能默默的忍氣吞聲，期盼老天爺高抬貴手，使他們不致於餓死不能活。這是一種憨傻的哲學，凡事用心付出，剩下的就交給老天爺，就算是遇到壞事或者不平之冤，也甘願忍受，甚至有人會笑他們笨，但是他們更相信著天理：老

天爺疼憨人。此種純樸可愛的個性，更重要的是那股不服輸、不
埋怨、幫助別人的傻憨精神，更是臺灣人的最大財富。

不幸，隨著時代的改變，傻憨精神被認為是笨蛋、過時的想
法，資本主義的影響之下，功利主義的風行，大家求著表現與彰
顯，只要些許的吃虧就馬上跳腳，憨傻精神被認為是過時的人生
價值。可愛憨厚的質樸精神逐漸在消失，注重表面的熱鬧好看的
精神大行其道，人們的心靈價值在這種狀況中也被犧牲，大家變
得更不快樂。我想透過賈傻蛋的角色再度喚起臺灣曾經的可愛精
神，質樸知足、包容不計較的精神，在此企圖中，我創造了賈傻
蛋。

（二）反派角色的設定

反派角色也是此故事中的重要角色，善弟惡兄原本就是此故
事的基本設定，不能隨意更改。關於惡兄的角色設定，我設定他
為一個好吃懶做的壞蛋，除此之外，故事還選擇加入兄嫂曾蕪晴
的角色，以增加情節的豐富度與張力。

在原先的初稿當中，並沒有妻子的角色，但是在編輯的建議
之下，決定加入這個反派角色到故事裡面，得到還不錯的效果。

曾蕪晴的角色，是故事當中唯一的女性角色，我還是以扁平
的角色處理。曾蕪晴在起初就被我設定成壞人的角色，其實賈聰
明並沒有如此的壞，但都是透過曾蕪晴的慫恿，才對弟弟賈傻蛋
下毒手。曾蕪晴的角色無非是加強惡人的力度，使得代表好人的
賈傻蛋族群與以賈聰明為主的壞蛋勢力達到均衡，因為賈傻蛋總
是有幫助者的幫助；所以相對而言，若賈聰明只有孤身一人，勢
力難免較為單薄，若再加上一個夥伴，也就是曾蕪晴共同使壞，

一來更能讓惡人的勢力強大，使得讀者氣得咬牙切齒，二來勢力的均衡也使得故事更為充滿張力。

不過，我相信會有許多手舉著女性主義旗幟者，會對於我這樣的安排相當感冒，認為我身為一個男性創作者，有意圖抹黑女性的嫌疑。我必須在此澄清，以故事的要求，〈賣香屁〉的故事是個簡單二元的結構，兄弟之爭，好壞報應，所以對於角色的設定，兄嫂代表著賈聰明的一方，合情合理。那麼為什麼不將曾嫵晴設定為規勸賈聰明傷害賈傻蛋的善者呢？是為了使得故事更有張力，所以選擇第四個版本的靈感，造一惡妻，並非刻意醜化女性，最重要是突顯惡妻角色的尖酸刻薄個性，最後造成悲慘的結局。

（三）寵物配角的設定

另外，除了三個角色的確立，配角的部份，選擇狗（來福）、鳥（好話鳥）作為配角，狗與鳥也是劇情的劃分界線，因為他們都幫忙傻蛋度過難關。

而且這些幫助者的角色，也從單純的動物角色，演變成當今「寵物」的概念，他們變成了朋友，甚至是家人的角色，寵物概念使得幫助者（helper）的角色能夠更深植現在小讀者的心，因為對他們而言失去了他們，就宛若失去了朋友或者至親般悲痛。

傻蛋得到來福的幫助，使得菜園的菜長得很好，能在市場上賣得好價錢。好話鳥有著一雙美麗的嘴巴，遇見人就是讚美，使得傻蛋的生意興榮。有著可愛的動物配角的幫助，如同迪士尼的電影，通常會出現許多的動物幫助者，幫助主角度過難關。這些角色可愛逗趣，常惹得觀眾愛不釋手，剛好劇情有動物角色的情

節，因此刻意使得兩個角色可愛化，試圖透過可愛的動物幫助來
贏得小讀者的喜愛。

四 改寫情節設定

在主旨寓意、角色設定都確定後，接下來就是情節的布局，
原則上參考四個版本的情節架構，於不變動基本架構下，安排適
合的情節。其中四個版本的基本情節架構整理如下：

版本	版本一（黃得時文）	版本二（臺灣民間故事）	版本三（石綠文化）	版本四（遠流出版社）
開頭	兄無惡不作，弟溫和篤實。分家後，兄弟分開。	雙親亡，分家，兄得牛及良田，弟得狗及荒地。	父死，兄弟分產，兄得房、肥田與牛，弟得破屋、貧地與蟲子。	兄聽妻的話，使詐騙得牛，弟只得牛蟲。

事件一	弟的水牛死亡，牛墳長出果樹，食果放香屁。	狗告知弟牠能耕地，布商經過不相信，打賭贏了布商所有的布，地也長出許多水仙，賺了一筆錢。兄得知借用狗，想用其道賺取錢財，狗卻不耕，兄將狗打死。	蟲子被朋友雞啄死，友送雞賠償。雞卻意外被狗咬死，又意外換得狗。弟用狗耕田，商人不信，弟聰明，使用飯糰為餌，誘使狗耕田，商人願賭服輸，給了弟一筆大錢。兄知道，便借狗想重出此計，卻失敗。兄打死狗。	牛蟲卻意外被雞啄死，換得黃狗賠償。弟用狗耕田，商人不信，弟聰明，使用飯糰為餌，誘使狗耕田，商人願賭服輸，給了弟一擔子雜貨。兄知道，便借狗想重出此計，拿鞭鞭打，狗卻不耕。兄打死狗。
事件二	員外得怪病，乞丐告知香屁治病。	弟埋葬狗，墳生出竹林，狗託夢砍竹製鳥籠，可得鳥蛋，弟因此賺錢。兄聽聞借鳥籠卻只得鳥糞，燒毀洩憤。弟帶回灰燼，灑於菜園中，弟食菜，得香屁，狗託夢，香屁可治天狗病。	弟埋狗於田，生竹與黑豆，竹卻生金。弟食黑豆，得香屁變賣。富翁不信與弟打賭，贏得銀子。此事引起縣人爺的好奇，與之打賭，又贏到錢財。	弟埋狗於田，生竹，竹葉掉下成金銀。兄得知，戮力搖竹，卻掉下毛毛蟲，一氣之下砍掉竹林。

事件三	弟解救員外，並娶回員外女。	香屁治好員外的病，賺得大財。兄又來探聽弟如何放香屁，但弟這次不再上當，轉而騙取兄。	兄得知，偷取黑豆，也賣起香屁，富翁願以五十銀兩買屁，卻放臭屁，惹得一頓揍。兄以為黑豆吃太少，再次到縣太爺前賣屁，卻又只放臭屁，討了一頓打。	弟拾竹煮黃豆，得香屁，到街賣香屁，巧遇縣太爺，縣太爺不信，弟果真放了香屁，得到賞金。兄嫂知道此事，告知兄，兄查問弟，比照辦理，不過竹子使得豆子燒焦，兄還是食了下去後跑到縣衙賣屁，卻放臭屁不止，便塞木塞於屁股才止住，不過挨一頓打。
結局	兄變賣家產，花天酒地，一貧如洗，弟幫忙改邪歸正。	兄聽取弟之言，反而在員外前放湯屎，員外以木片塞於屁股眼，鮮血直流。等到木片拉出後，流血過多而死。	兄老是放臭屁，大家無不遠之，只好躲進山頭，不敢再出。	回家時，拔出木塞，大便如決堤河水，夫妻倆差點被大便淹死。

（一）選擇情節的基準

　　儘管四種版本的〈賣香屁〉情節架構都沒有太大的差異，都是兄欺弟，兄得到處罰，弟得到福報的基本情節，但是隨著四種版本著力的主旨寓意的差異下，四個版本都有些差異。第一個版本，雖然兄個性凶暴，卻沒有陷害弟求得錢財，只有一開始分財產的不公平之外，最後因為花天酒地，花光所有的錢，變成窮光蛋，最後得到弟弟的感召，願意洗心革面，重新做人，強調好人

好報之外，改邪歸正，為時不晚。

第二個版本就明顯不同，強調兄總是在得知弟獲得好處後眼紅，三番兩次要故技重施，得到好處，不過卻都無功而返，於是都使用暴力的手段毀物殺生，最後導致自己也賠上性命的悲劇。

第三、第四版本情節差不多，但是解讀故事的方式卻稍有不同，第三的版本站在兄弟情誼的可貴，要互相扶持，不可算計的角度。而第四個版本，卻站在貪心與知足的角度觀察此故事。依據著中心主旨的略微差異，故事情節也略微的不同。縱使是第一個版本為了張揚「好人好報，壞人壞報」的主旨，也會因為故事情節著墨方式的差異，而有著差異。例如，第一個版本講究的是鋪陳弟的好心好報，因此採去正向的敘事態度。第二個版本，雖然同樣主張「好人好報，壞人壞報」的主旨，卻是著墨於兄的殘暴，最後導致喪命的處罰。

另則，從整理表格之中，也可以發現故事以開頭→事件一→事件二→事件三→結局，這樣的故事脈絡安排，於是我也決定按這樣的故事結構安排情節。第一個事件，來福種菜幫助傻蛋，卻被聰明打死。第二個事件，好話鳥幫助傻蛋，卻被聰明打死。第三事件，傻蛋吃梨放香屁，救了皇上。聰明為了仿效傻蛋，獲得皇上的恩寵，卻意外放臭屁，被打入大牢。這三個劇情鋪陳，都是重複著一個事實：賈傻蛋受到賈聰明的無情欺負，因為賈聰明殺了賈傻蛋最心愛的來福與好話鳥，但是賈傻蛋只有難過，並沒有想要對賈聰明報仇，使得賈聰明更為肆無忌憚，為所欲為，如此的安排，會使得小讀者同情賈傻蛋的傻，也會對於賈聰明的可惡，咬牙切齒。因此安排的循環如下，賈傻蛋得到神奇動物幫助，賈聰明殺死神奇動物，賈傻蛋難過卻又受到神奇動物幫助，

如此的循環地拉扯小讀者的心理。

如此的情節安排，主要關乎兩個重點：第一、弟賈傻蛋對於哥哥與兄嫂的欺負，採取怎麼樣的態度，也就是「傻蛋精神」的具體實施。第二、在情節中，表現出我原先所設定的幽默風格。賈傻蛋對於如何面對兄嫂的欺負，其實來自於爸爸的遺言（傻蛋精神）：「記住，難過，難過，真難過，用心工作就會過。」簡言之，就是告訴賈傻蛋，無論遇到怎麼樣的難關，只要回歸到自己本身，努力工作就能順利度過難關，而非作繭自縛在埋怨憤怒的情緒之中打轉，透過轉移注意力的積極作為，忘記難關，也因為如此才能再次獲得機會向上。而賈傻蛋也朝著這樣的安排前進，總是在難過後，雖然因為憨笨記錯爸爸的遺言，不過都還是能朝著此目標前進。第二，關於情節的安排過程中，我也不忘適度加入許多的笑料來取悅讀者，避免使得原本已經相當沈重的故事過於負擔，因此刻意設計許多有趣的情節，如醜梨製造香屁，大便滋養果菜的情節，製造出一種反差的滑稽感。

另外，亦試圖從對話中，增加趣味。例如：好話鳥的對話就充滿趣味：對著來買菜的老爺爺說：「哪來的年輕小伙子？長得如此俊俏！」對婦女說：「這裡是天堂嗎？否則怎麼會有如此美麗的姑娘？」對賈聰明說：「賈聰明，賈聰明，好吃懶做他最行。」對曾蕪晴說：「曾蕪晴，曾蕪晴，尖酸刻薄小眼睛。」等。另外也在行文中，故意使用逗趣的敘述，如：別人吃蕃薯會放臭屁，沒想到吃醜梨也會放屁，然而卻是香屁（頁53）；亦在放屁的情節當中加油添醋，無非都是要搏君一笑。

（二）變換情節的失誤

　　練美雪在〈賣香屁故事研究〉中，研究發現〈賣香屁〉的故事類型，通常由〈狗耕田〉型再加上〈賣香屁〉型的混合複雜型的型態，「狗耕田」的情節通常接在「賣香屁」情節之後；甚至也有認為〈賣香屁〉是狗耕田故事的亞型，相當特別。練氏觀察分析〈賣香屁〉有以下特點：1.在狗耕田的故事中所占比例極高；2.較少獨立成篇；3.較少與其他故事複合。（頁167）因此，甚至練氏認為，賣香屁是〈狗耕田〉故事的延續。並從大同小異的故事版本之中，歸納出更簡要的結構：（1）吃了某種食物；（2）一人放香屁得好處；（3）一人放臭屁受懲罰。（頁172）

　　練氏從論文中並引用陳華文的論點，提及若是以社會的角度觀察〈狗耕田〉的故事型態，可能是兩兄弟在繼替制度基礎上的妒忌心理，為了發洩對長子繼替制的內心不滿所形成的故事。從此研究可看，狗耕田的情節在《賣香屁》故事中的重要性可以得知，不過這也是因為在做此論文的耙梳後才得知。

　　當時創作的時候，只是愚昧覺得狗耕田的情節不合邏輯，若是要改寫成適宜現代孩子閱讀的故事，必定得更改情節，使得故事的邏輯性能更好，於是將狗耕田的情節更改為狗的排泄物，變成農作物的肥料，使得農作物生長良好。不過研究發現，狗耕田中揚善罰惡的情節，其中的打賭行為，富商（官員）到稻田裡看到弟迫使狗耕田，均不相信狗能耕田，於是與弟打賭，弟贏得賭局，獲得一筆優渥的賭金。狗耕田情節所代表的意義，實則代表著許多的文化意韻，這是我再創作的過程中沒有想到的，更不用說狗耕田的情節，在兒童文學創作的美學而言，更代表一種荒謬的喜感與童趣。

　　若是在創作之前，努力功課，想必我就不認為此情節的不合邏輯，反倒會更加誇張突顯情節，使得此情節變成〈賣香屁〉故事中的一大亮點，不過這都是馬後砲，雖然可惜，不過還是沒有辦法，不過作品終究有自己的命運。

（三）結尾的選擇

　　關於結尾的部份，本來我是選擇一個較為悲傷的結尾，使得兄賈聰明因為總是嫉妒著弟賈傻蛋的好運而做盡壞事，鬱鬱寡歡。賈傻蛋總是受到賈聰明的欺負，但是他本著善良的心腸與老爸留下來的金玉良言總能得到幫助，堅強的往前方走去；反觀是賈聰明無時不刻嫉妒著賈傻蛋，本來應當過著較為優渥的日子，卻日漸下坡，終究悲劇收場。其實賈傻蛋與賈聰明不同之處在於心態，賈傻蛋有著一顆溫暖的心，賈聰明有著一顆不滿足的心，在這個不確定性極高的資本主義掛帥的社會裡，充斥著許多不公平的事情，當然不公平的事並非只有這個時代才有，但是在這個物質主義與媒體無所不在的環境催化下，人心受到許多的考驗，人的精神層面比起以往的時代，必須更加的堅強，才能不被如此絢麗的世界所迷惑，當然許多人看到如此絢麗的花花世界，卻沒有金錢能消費，那更是一種悲慘，因此大家拼了命的想賺錢，所有的事情似乎都可以置於一旁，錢最為重要。這個狀況，就跟賈聰明沒什麼兩樣，用盡手段心思，就為了掙錢，甚至不惜手足之情，加以迫害。原本，我的結局是要使得賈聰明因為始終無法像賈傻蛋般獲得幸運，而抑鬱寡歡一輩子，因為他始終只看到別人的好，而沒發現自己已經相當富足。

　　不過，跟編輯討論後，他們認為這樣的結局太過悲傷，不夠

積極正面，希望故事仍是以光明面作結，使得孩子能在閱讀完故事後，心情較為平穩而非負面，於是就讓已經貴為駙馬爺的賈傻蛋，仍舊不忘手足之間的血緣之情，探望被懲罰到各家去清理大便的賈傻蛋，突顯手足之情的感動。

而且，再加入王子公主化的美麗結尾，使得一切圓滿，有許多人會懷疑此種童話式的結局，是否沒有創意，且帶給孩子一種錯誤的假象，或許是。不過民間故事總是充斥著二元對立的意識型態，善有善報，惡有惡報，我希望能延續這樣的規則，童話般式的美麗結局，只是剛好服膺在這個道理之中，而我只是選擇這個時代的語言與處理方式，使得這世代的孩子能夠瞭解。

五　結論

從主旨的選定、角色的安排、情節的鋪陳三方面剖析自己所改寫的《一個傻蛋賣香屁》，確實是個有趣的過程。羅蘭・巴特（Roland Barthes, 1915-1980）說過，作者在創造作品過後，作者已死，不過我卻陰魂不散的成為鬼魂，為作品說話，這樣的舉動肯定又會造成一些批評。

雖然在討論自己作品的過程當中，不免使人有是否為真實的疑惑，確實如此，作品完成的時間已經離現在有些距離，再加上許多的故事創作細節，是在與編輯互相的討論之下完成，也就是出版社在無形當中也積極參與故事的創作與引導，所以自己變成一個不完全的創作者。弔詭的創作者角色，又化身為評論者的雙重角色，於是在這樣的過程當中，角色不停互換對話，完成此文，實在有點不安。若要定位此文是作者對於自己作品的評論分

析，倒不如說，此文是作者對於《一個傻蛋賣香屁》與出版團隊（親子天下出版社）的再創造產品，以後它將如鬼魅般形影不離的與〈賣香屁〉這個民間故事互文，產生一種被論述的價值。

而再重頭分析《一個傻蛋賣香屁》後，發現文本的確受到西方童話、迪士尼動畫敘事的影響，再加上插畫動畫風，使得《一個傻蛋賣香屁》看起來是充滿現代感的作品，這或許與我當初只是文字改寫創作的時候沒有想到的，因為我只是這個作品創作團隊的其中一個角色而已。不過，這本書的確有達到林文寶所提及的「不變」、「變」、「可讀性」、「時代性」四個原則，或者也可以說是某方面的成功。

我認為其實民間故事的改寫，充斥著太多的不確定因素，使得改寫的故事「陰錯陽差」的成為各種的型態，例如作者的主觀意識，或者作者對於故事的錯誤解讀，編輯的引導建議、出版社的商業考量等，均使得改寫的故事變形。不過，這都是不可避免的，每個作品都有屬於自己的命運，無論是誰都拿捏不准的。不過換個角度看之，作品是否是一個完整的文學作品，就變得相當重要。在這個故事中，角色的設定是否有失誤，情節的安排是否引人入勝，故事的結構是否妥當等文學創作的基本課題，可不能輕忽。若是作者抱持著輕誇的態度，創作兒童文學，或者故事改寫，那就不再是簡單的故事變形的問題，而是對於文學的不尊重，當然創作後的作品，也就不值得閱讀。不過，我也發現到其實《一個傻蛋賣香屁》不再只是個單純的故事，它變身為「教材」（孩子可以自行研讀的故事文本），出版社告知父母或者孩子，這本書為什麼值得買？故事本身所帶來的民族意義或許不再重要，重要的是父母、教育者、孩子可以怎麼樣來使用這本書，

它儼然變成一種「商品」，使用完後或許就可以丟的商品，或許也沒什麼不好，這只是一種時代意義。

無論〈賣香屁〉的故事後，改寫過後變成什麼模樣，它始終與其他的〈賣香屁〉故事產生無法避免的互文關係，倒是透過各個不同時間所創作的文本，竟然產生出版社所追求的時代性關係，彼此之間的嘰嘰喳喳對話，使得此文本產生無法預期的意義。

再說，作品有它本身的命運，誰也說不準。

參考文獻

（依作者姓氏筆畫順序排列）

一 專書

《賣香屁》 臺北市 石綠文化事業公司

林文寶《兒童文學與書目》 臺北市 萬卷樓圖書公司 2011
年8月

洪文珍《改寫本西遊記研究 情節取捨與標題製作之探究》
高雄市 慈恩出版社 1984年7月

涂麗生文、洪桂己編著 《臺灣民間故事第一集》 臺北市 公
論報社 1957年5月

張玲玲文、李漢文圖《賣香屁》 臺北市 遠流出版事業公司
2003年7月

黃得時《台灣民間故事精選》 臺北市 青文出版社 1984年
10月

顏志豪文、葉祐嘉圖《一個傻蛋賣香屁》 臺北市 天下雜誌
公司 2012年11月

二 期刊論文

范郁玟《橋樑書的現象觀察——以《閱讀123》童書系列為例》
國立臺東大學兒童文學研究所碩士論文 2009年7月

練美雪〈賣香屁故事研究〉 《東華中國文學研究》 第十一

期　2012年12月　頁163-179

《女人島》的二種風情
——從六到十六歲的臺灣原住民故事閱讀帶領

簡明美 黃愛真

摘要

　　臺灣原住民族約在五千年前定居臺灣，帶來豐富的口傳文化，遠流出版社野豬林系列為較早將原住民口傳故事改寫為兒童圖畫書的版本，其中《女人島》呈現阿美族文化、兩性、生命等多元議題。其後「女人島」傳說並發展出動畫等多媒體，十多年來常為筆者們在國中小班級故事與閱讀現場，作為帶領孩子們的討論素材。

　　筆者們帶領方式以圖畫書共讀、動畫閱讀等多元媒材交互運用，讓孩子接觸故事，繼而由孩子提問，帶領人串聯提問與討論等三步驟進行。由於文字故事改寫自民間口傳文學並配有插圖，容易藉由口語的親和性，透過文字或圖像管道進入文本，因此從國小到國中，不論具有文字或圖像經驗的兒童讀者都能進入文本。

　　本文將藉由二位故事媽媽從國小低年級到國中學生的閱讀帶領經驗，呈現《女人島》的二種帶領風情。透過臺灣民間故事

《女人島》，傳遞阿美族母系文化、顛覆漢族男尊女卑刻板印象、時間變異與生命經驗等觀念，從閱讀故事、討論故事中，學習尊重欣賞原住民的神話，認識各民族的宗教信仰，尊重各民族的文化差異，也讓自己的想像力飛翔。

關鍵字：臺灣原住民、女人島、民間故事、閱讀、動畫、小書、
　　　　故事媽媽

一　前言

　　一般人類學者認為臺灣原住民約在五、六千年到八百年前陸續抵達臺灣，阿美族是其中人口最多的一個族群，到西元二〇一二年人口總數約為十九點五萬人，超過原住民總人口數五十二點九萬人的三分之一強，大部分居住在臺東縣、花蓮縣，與新北市的「都市原住民」。（行政院原住民族委員會，2013年5月26日閱覽）。阿美族傳統社會的特色為母系親屬制度和男子年齡階層組織，所謂的「母系親屬制度」指女性擁有家屋和財產繼承權，女性身為戶長，掌管家族事務與財產管理，婚姻則由男子入贅女方家；「男子年齡階層組織」指男子依年齡組成團體，住在男子集會所，負責部落事務如政治、教育、祭儀等等（簡扶育，2003：21-23）。阿美族口傳故事的書寫，除了來源神話、大洪水傳說，大多圍繞著母系制度與戰爭、祭儀為表現主題。

　　對於臺灣原住民民間口傳故事的書寫，大陸學者朱雙一提出原住民書寫與採集自己的故事大約在一九八〇年代開始，漢人書寫原住民故事則從清朝開始延續不絕。原住民文學多朝著自己族群的歷史文化的接續、表達人與自然相依的和諧共存；漢人書寫的原住民故事雖然很難深入原住民深層肌質，但卻與原住民文學與故事有「互相參照」的功能，如同「鏡像」一般，映照出漢人眼中的原住民文化，也折射出部分的漢族自己（朱雙一，2012：57-58、71）。

　　關於兒童文學的書寫，原住民由於沒有自己的文字而多為口傳文學，轉譯成為故事後較文字更具有親和性，加上原住民族豐富的口傳文化與迥異於漢民族的社會風俗，想要帶著孩子互相理

解共同生活在這片土地上的不同族群，透過閱讀兒童文學是最快也較為多元的方式。

遠流出版社於一九八九年出版的繪本臺灣民間故事系列，以圖配文的方式傳達阿美族的母系特色口傳故事《女人島》，由漢人張子媛改寫、李漢文以剪紙的拼貼效果呈現圖像，形式上因為文字與圖像的搭配，不論具有文字或圖像閱讀經驗的讀者都容易進入故事。近年來在民間研究者邱若龍的努力下，產生了動畫版本，讓故事表現更吸引兒童；內容部分，如同學者朱雙一所言，故事改寫呈現了部分的阿美族文化，同時也藉由母系文化探看與思考著父權文化在當今社會的作用，兼具兩性與民族的比較文化觀點。《女人島》在社會、兩性、生命議題，及豐富的表現媒材等因素，常為筆者們帶領小學一年級到國中三年級故事或閱讀的素材。筆者們在此將各提供在臺南市、高雄市國小、國中故事或閱讀操作的例子，作為經驗分享與交流。

二 《女人島》故事概述

以下將簡介筆者們所帶領的《女人島》故事素材，分別依文字故事表現、繪本中的圖像故事與表現、動畫故事表現三者說明：

（一）文字故事（遠流版）

住在臺灣東部海邊阿美族漁夫瑪賽其，告別太太和襁褓中的稚兒，一如以往出海捕魚。途中遇到大怪魚追捕小鯨魚，瑪賽其和怪魚搏鬥後被海浪推到小島上，島上女王跟瑪賽其說島上都是

女人，當南風吹來女人就會懷孕生下女孩，女王並給瑪賽其檳榔求婚，希望二人之後能生男孩。一年後豐年祭時節瑪賽其想到臺灣的妻與子，決定回家。瑪賽其游泳回家時遇到當初營救的鯨魚，學了製作獨木舟的方法，划獨木舟回家後，發現妻子已經過世，稚兒已經成為老人，為感謝鯨魚的營救而教導族人祭拜鯨魚的方法，於是女人島傳說與祭拜鯨魚的習俗就此流傳在阿美族生活中。

（二）圖像故事與表現（遠流版）

《女人島》以剪紙的拼貼呈現原住民木雕的粗曠效果，表現了漢人民間剪紙與原住民木雕文化的揉合。畫面飽滿明亮，加上邊框裝飾，洋溢動畫般獨特趣味，拉近讀者與原住民神話故事的距離。故事圖像外框圍繞著原住民織布與生活中裝飾性的紋路、海中生物剪影，讓圖像充滿中國剪紙、原住民紋飾與飲食器物文化形象的混雜。故事畫與外框裝飾畫構成了滿版的圖，讓畫面呈現一種豐富與動態、忙碌的感受。

圖像故事照著文字敘述走，但多了人物或故事內容的連續動作，時間在畫面上進行著，包含著故事進行的當下時間與久遠傳說的歷史時間。

故事敘事呈現漁夫冒險的過程，圖畫也應用大小對比與線條動勢呈現冒險的過程，然而冒險故事中害人的大怪魚和張大嘴巴的大鯨魚，分別以圓形或嘴巴中尖尖牙齒短小、裂紋表現而減少了威脅性，成為一種安全的冒險旅程。

圖像表現的豐富不受文字先行而受限，成為另一個可以和學生討論的文本。

圖像解析：

1.此二幅圖畫為遠流出版社一九八九年出版的《女人島》，圖像為著名漢人紙雕藝術家李漢文著作。左圖為書籍封面，右圖為圖畫書內頁之一。就表現形式而言，李漢文以臺灣漢人民間剪紙藝術呈現阿美族民間傳說，展現漢原兩種民族文化混和。

2.右圖內頁圖像，展示了時間、空間、文化的三重內容，同時「女人島」在此圖與阿美族文化的對照下，顯現出女人島象徵阿美族女性承繼系統的極致化。

右圖圖像在時間部分，含括當下瑪賽其與女王的故事時間、瑪賽其回溯與阿麗在一起的回憶時間、書頁邊框時間累積下的文化（阿美族織布紋路與衣飾）三者；空間包含故事當下「女人島」空間與臺灣阿美族村落空間，其中「女人島」空間看來為故事實際空間，但是此故事的神話與民間故事性質，讓它同時為虛化的空間形式，亦即，瑪賽其與女王所在的「女人島」空間在故事為實中帶有虛幻的空間性質，而回憶中的阿美族村落，反而是虛中帶著實際生活的實體空間，也就是實中有虛。因此空間表達

上，這張圖呈現了虛實空間反轉的可能性。

另一方面，男主角與女王、男主角與阿麗的兩組婚姻，都是藉由女性提供檳榔、豐年祭典串聯而有了類似的對照性質與象徵性。

（三）動畫故事概要

阿美族優秀漁夫沙達邦，在一次捕魚中誤將大鯨魚視為小島，預計生火煮魚而引起大鯨魚的游動，將沙達邦帶到了一個陌生的小島「巴里尚」。「巴里尚」是一個只有女人的島，島上的女人沒有嘴巴和肛門，飲食用聞的方式，想要有小孩就站在高高的山崖上，張開雙腳，風一吹就會懷孕。因為沙達邦會吃東西、會排泄、身體前方有個小尾巴，所以被女人島上的女人視為豬，準備飼養後吃掉。幾天後，女人們把沙達邦抓起來準備屠宰，沙達邦掙脫著逃到海邊，大鯨魚再度出現並將沙達邦載回家。沙達邦回家後兒子已經壯年，太太和鄰居都老了，原來在「巴里尚」數天，等於是人間的數十年。

（四）動畫故事與表現（《原知‧原味The Origins》，甲馬創意公司，2007）

這是國內第一部以3D動畫技術完成的臺灣原住民神話故事動畫作品，雖然場景和人物服飾、器物等材質技術仍有改善空間，然而作品當時也獲得國內外影展的肯定（首爾國際動畫影展、臺灣國際動畫影展）。這是第一部以原住民語配音的動畫，忠實呈現臺灣這塊土地的原民文化，二〇〇七年亦增加了臺語與客語的珍藏版，十集劇情包含了奇幻、冒險、親情、英雄、趣味

等各種風格，學校孩子都相當喜愛這部3D動畫，尤其阿美族女人國傳說，獲得孩子很大的迴響與討論。「阿美族女人國」節奏流暢、色彩簡潔明亮、鏡頭運用及剪接在構圖與說故事表現皆具美學的藝術，但3D動畫主角人物與建築場景貼圖稍嫌粗糙，圖（一）飛翔的海鷗建模簡陋，造型怪異，眼睛像貼了兩塊不規則的膏藥，圖（二）小男孩竟只有一隻眼睛有亮點，圖（三）硬的像石塊的屋頂，不像茅草蓋的，圖（四）生硬的海浪像紙板，是本片美中不足之處。但圖（五）正面拉近沙達邦划船鏡頭，顯示了沙達邦是這個村莊捕魚高手，圖（六）的深藍大海俯視鏡頭，呈現了船隊的和諧與美。

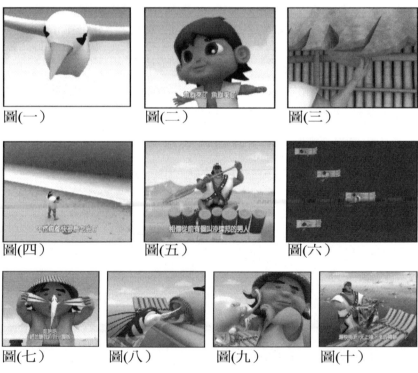

圖(一)　　　　　　圖(二)　　　　　　圖(三)

圖(四)　　　　　　圖(五)　　　　　　圖(六)

圖(七)　　　圖(八)　　　圖(九)　　　圖(十)

　　3D動畫是用鏡頭語言來說故事，當滿天的飛魚躍上海面，

舖天而來，場面甚是壯觀，沙達邦興奮的說，趕快撈吧，天上掉下來的禮物，圖（七-十）四個鏡頭呈現了原住民捕魚的趣味視覺效果，也幽默了一下沒穿褲子的原住民，圖（九、十）魚和章魚擬人化的特色，相當吸引及增強觀眾的參與和注意力。這裡的運鏡角度相當精采生動，可見是導演精心設計的橋段，也說明阿美族與大海的密切關係。

三 國小帶領實作

（一）低年級教案設計（一）

單元一：繪本女人島（遠流版）

活動一：想想看

臺灣原住民有那些族群？

臺灣有那些新移民？你是屬於哪個族群？

你聽過或看過什麼奇幻、冒險故事？

海洋有那些聲音？山上又有那些聲音？在大自然中你聽過什麼聲音？日常生活中，又有那些聲音？

延伸活動二：仿寫小詩

藉由原住民神話故事，學習傾聽大自然和周遭生活的聲音，仿寫悄悄話小詩。

學生悄悄話小書作品：

單元二：動畫女人國傳說

（《原知‧原味The Origins》，甲馬創意公司，2007）

活動一：想想看

藉由看故事與討論，讓孩子比較兩種版本的故事差異性，練習改編故事與創作。

延伸活動二：低年級我的小書(拉頁書）

藉由神話故事與不同文化差異，讓孩子思考，生活中有那些事和長或多有關，並發揮想像力與創造力，製作一本屬於自己的拉頁書。

一年級學生製作拉頁書活動照片：

一年級學生拉頁書學習單：

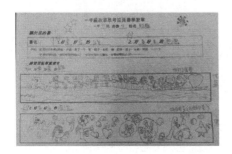

一年級學生拉頁書作品

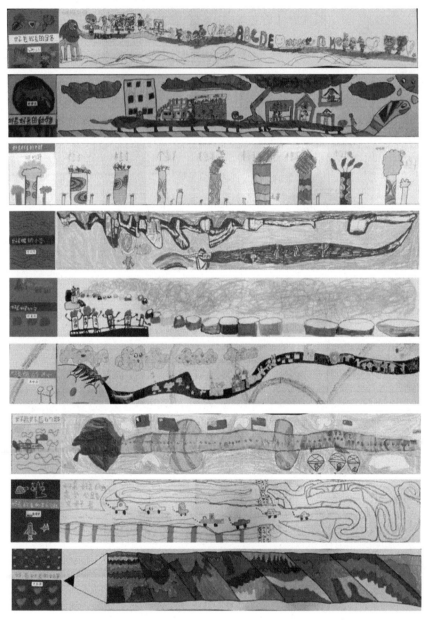

延伸活動三：高年級幻影風車和停格動畫

透過欣賞動畫，讓孩子任意揮灑，練習和學習動畫的原理與創作故事，分組共同合作完成一部停格動畫，並配上合適的音樂。

學生幻影風車創作過程與作品：

幻影風車動畫影片網址：

臺南市三村國小一年五班

http://www.youtube.com/watch？

v=ZQkrZK6hDo0&feature=youtu.be

臺南市三村國小五年一班

http://www.youtube.com/watch？v=gF-ZUIvls-I&list=UUI6-

y50V-OYspImKLuRME5g&index=34

臺南市三村國小五年三班

http://www.youtube.com/watch？

v=HdDeSEwMuoY&list=UUI6-y50V-OYspImKLuRME5g

學生停格動畫創作過程與作品：

停格動畫影片網址：

臺南市三村國小五年級綜合活動（停格動畫）第二組_彩色筆圓舞曲

https://www.youtube.com/watch？v=T5G-pQ9h_kY&list=UUI6-y50V-OYspImKLuRME5g

臺南市三村國小五年級綜合活動（停格動畫）第四組__第二次世界大戰

https://www.youtube.com/watch？v=1-prHBamlKQ&list=UUI6-y50V-OYspImKLuRME5g

臺南市三村國小5年級綜合活動（停格動畫）第一組__森林音樂會

https://www.youtube.com/watch？v=m9v3l8f88rc&list=UUI6-y50V-OYspImKLuRME5g

一年級學生動畫創作體驗作品：

臺南市三村國小一年級綜合活動__毛毛蟲歷險記

https://www.youtube.com/watch？v=YOLqibEOOOM

低年級：口說故事繪本《女人島》

方式：邊說故事邊討論。

孩子提問整理：

　　瑪賽其為什麼要幫助小鯨魚和大怪魚戰鬥？

　　瑪賽其為什麼不會被女人國的人殺掉？

　　瑪賽其為什麼不留在女人島？她們對他很好？

　　為什麼南風吹來就可以生下小女孩？那吹北風，是不是就

　　可以生男孩？

　　瑪賽其為什麼不回家？

低年級：動畫〈女人國傳說〉孩子提問整理

　　沙達邦為什麼把石頭藏在屋頂下？

　　飛魚不是達悟族抓的魚？阿美族也捕飛魚嗎？

　　女人國的女人怎麼都沒有嘴巴？

　　沙達邦為什麼會被沒嘴巴的女人當成妖怪？

　　沙達邦為什麼會被當成奇怪的動物？

　　沒嘴巴的女人怎麼會說話？

　　沒嘴巴的女人為什麼說沙達邦是新品種的豬？

　　女人國的女人沒肛門要怎麼大便？

　　沙達邦為什麼會被沒嘴巴的女人當成豬養？

　　女人國為什麼吹南風就會生小孩？

　　女人國的人不用吃東西，為什麼還要吃沙達邦？

從低年級孩子的故事與動畫提問，可以發現低年級孩子對阿美族文化的隔閡與好奇，提問偏重故事內容的釐清。

（二）口說繪本故事示範：《女人島》

小朋友，今天我們要說的故事是女人島，是臺灣原住民的神話。

──（孩子們回應，以下亦同）我知道，臺灣有13族的原住民。

很好，但還有一族喔，共有十四族喔！有哪十四族呢？

──小朋友此起彼落地說：「卑南族、泰雅族、布農族、阿美族、太魯閣族、邵族、賽夏族、鄒族、排灣族、達悟族、魯凱族。」

喔！小朋友好棒，講了十一族，住在宜蘭的是哪一族呢？是不是噶瑪蘭族？

還有二族喔！電影賽德克巴萊裡的莫那魯道是哪一族呢？

──有小朋友小小聲地說；賽德克族嗎？

好棒喔！小朋友答對了十三族，只剩一族囉！這族也是我今天才知道的喔！是撒奇萊雅族，是母系的社會，男生長大要嫁到女方家喔！

──有小朋友說，我以後也要娶男生，和爸爸媽媽住在一起，引起一陣嘩然！

──有小朋友問：「那個是住在哪裡的原住民？」

──你問的是撒奇萊雅族嗎？

對！是住在哪裡的原住民？

是住在臺灣東部花蓮，我今天說的也是住在花蓮的故事喔，我今天說的是阿美族的神話故事，阿美族也是母系的社會，這是發生在臺灣東部花蓮的故事，花蓮靠近哪一個大海呢？有沒有人知道？

──有小朋友大聲的說：「我知道，是太平洋！」

沒錯，是太平洋，在很久很久以前，伶足古早古早的時候，long long time ago 住在臺灣東部花蓮的阿美族，他們耕田捕魚，過著平靜又快樂的生活，傳說他們有一位很厲害的年輕人，捕魚技術很好，常常出海捕魚，都能滿載而歸，還常常捕到超級無敵大的魚。

有一天，瑪賽其像平時一樣，和老婆阿麗及可愛的兒子 say good bye 後，就乘著竹筏出海捕魚，在海洋中划著划著，突然掀起一陣大浪，一條小鯨魚游了過來，露出驚恐的眼神，發出唧唧唧的求救聲，小鯨魚好像受了傷，後面又有隻大怪魚追了過來，

──小朋友大喊著：「瑪賽其趕快救小鯨魚。」

是阿，眼看大怪魚張開大嘴，即將把小鯨魚吞進去時，瑪賽其眼明手快地，跳起來拿起魚槍對準大怪魚的眼睛，咻地！正好擲中大怪魚的眼睛，

──此時小朋友開心的叫好，

有的說小鯨魚快逃，有的說瑪賽其加油，大怪魚一定會痛得翻來翻去，不要被海浪弄痛了，

大怪魚痛得一直在海中翻來滾去，掀起了大浪，打碎了瑪賽其的竹筏，瑪賽其在大海中浮浮沉沉，掙扎了許久，眼

看遠處前方有一塊陸地，瑪賽其拚著最後的一點力氣，平安的上了岸，卻累得昏了過去。

——有沒有人救他？

一定有的，男主角不會那麼快死掉，故事就講不下去了

不知經過了多久，瑪賽其迷迷糊糊地被嘰嘰喳喳的女人聲喚醒，好多女人大聲喊著：「快來看啊！海邊有一個好奇怪的人，長的和我們都不一樣，是不是傳說中的男人阿，趕快押他去見女王。瑪賽其張開眼睛，看到這些拿著武器的女人，心裡剛感覺有些不安，就被綑綁著押送去見這島上的女王。一路上，瑪賽其只看到許多的女人，見不到任何男人，一個都沒有。

——為什麼一個男人都沒有？

是喔！怎麼一個男人都沒有，瑪賽其心想這下死定了，每個女人都孔武有力，好兇悍，鐵定凶多吉少，沒想到進了王宮，見了女王，卻幫他鬆綁，還對他仔細觀詳了一番，還開心地對他說：「歡迎來到女人島，島上只要南風吹來，女人就會懷孕，但生下來的都是女生，你是來到本島的第一個男人。」說著說著女王拿出一顆檳榔給瑪賽其，又繼續說，這檳榔代表我的心，希望你能接受我的心意留下來，和我結婚，讓女人島上以後有男人。

不可以答應啦！瑪賽其的老婆還在等他回家

——他的兒子會見不到爸爸。

——趕快逃走啦，女生很兇的。

——搞不好生完男人以後，會被殺掉。

說的也是，瑪賽其原本以為死定了，沒想到卻這麼好康，

可以嫁給女王，又不會被處死，二話不說，當然答應嫁囉！！

──怎麼可以嫁！！

──他老婆怎麼辦？

──他還有兒子せ！！

──壞蛋瑪賽其！！

是喔！！瑪賽其和女王結婚以後，天天有豐盛的食物和好喝的酒，還欣賞美女跳舞助興，過著快樂無慮的生活，都不用工作出海捕魚，開心極了！！

日子過得很快，小米結了黃澄澄的果實，又到了收割的季節，瑪賽其想起以前的事，他想現在家鄉一定正在收割，而且在準備盛大的豐年祭，他和老婆阿麗就是在豐年祭時認識的，那天她給了我檳榔，兩個人越來越要好，後來就結婚了，還生了一個好可愛的兒子，

──趕快回家啦！！

──老婆一定想死他了！

──可惡的瑪賽其！

他每天出海捕魚，上山打獵，阿麗在家裡織布，照顧小孩，全家還要一起耕田，事情又多又辛苦，現在雖然很舒服，可是沒事可做，無聊極了。瑪賽其來到女人島已經一年了，他想我的老婆一定以為我死了，一定傷心很久，兒子應該會走路了吧，想到自己沒在妻兒身旁，虧欠的心難過了起來，又想到以前一起喝酒唱歌的朋友，現在一個也沒有，越想越難過，瑪賽其天天到海邊，望著故鄉，偷偷的流眼淚。

——趕快游回家！！

——太遠了，游不回去

——笨蛋，坐船回去啊！

——你才笨蛋，他又沒有船，女王怎麼可能讓他走，他的身旁都有女侍衛看守著，逃不出去啦！

是喔！！海那麼廣大，茫茫大海，沒有船怎麼回家呢？想著想著更悲傷。有一天瑪賽其發現遠方有個小島，趁著大家不注意時，跳進大海，向小島游過去，游著游著，游到了一個大洞口，裡面黑漆漆的，突然「轟隆！」「轟隆！」，海水震動起來。

——地震啦！！快逃啊！

——要逃去哪裡！

——這下死定了！

是阿，瑪賽其也以為是地震，擔心死了，沒想到從海裡卻冒出一條大鯨魚，這時瑪賽其才恍然大悟，原來他看到的那座小島，其實是這條大鯨魚的背，洞口呢，是大鯨魚的嘴，這時大鯨魚說話囉，他對著瑪賽其說：「咦！你不是那個從大怪魚嘴裡把我救出來的年輕人嗎？」瑪賽其想了想說：「喔！你就是那條被大怪魚追趕的小鯨魚喔！哇！一年不見，變這麼大了！」

——鯨魚載他回家就好啦！

——不行啦，鯨魚會被他的村人抓起來吃掉。

——不會啦，他救了瑪賽其，村人不會抓他。

——會啦！人類很愛吃。

好吧，那我們看看大鯨魚會怎麼做？

瑪賽其就把他漂流到女人島的經過，詳細地告訴鯨魚，並且拜託鯨魚幫助他回家，他好思念老婆和孩子，還有故鄉裡的人。」鯨魚聽完瑪賽其的遭遇，就載著他游到一座小島，對著瑪賽其不好意思的說：「你為了救我，才和老婆孩子分開，現在，我來教你做獨木舟，幫你回你的家。」

鯨魚怎麼會做獨木舟？

——他都會說話了，當然會做獨木舟。

瑪賽其照著鯨魚說的，在島上砍了一棵樹，造好了一艘獨木舟，這時瑪賽其對著鯨魚說：「你救了我的命，又教我做獨木舟，我以後要怎麼謝謝你呢？」鯨魚說：「不客氣啦！你也救過我的命啊，如果你可以平安回到家，那叫你的族人，每年準備五隻豬，五隻雞，五缸酒，和五包檳榔請我吧！」鯨魚說完話，輕輕地對著獨木舟吹氣，獨木舟很快地就漂在海上，離小島好遠好遠。

瑪賽其在海上漂流了好久，終於回到自己的家鄉了，瑪賽其好興奮，一路上往回家的路上走著，村里裡沒多大的變化，可是都沒碰到認識的人，也沒人認識他，他向一位補漁網的老頭子詢問老婆阿麗住在哪裡？那老頭突然驚訝的說：「你是誰啊，找她做什麼？」馬薩其說：「她是我的老婆，我是她的老公瑪賽其，我捕魚遇到危險，在別的島上生活了一年，我經過了千辛萬苦，現在平安回來了？」老頭說：「什麼？我是阿麗和瑪賽其的兒子卡邦，你這個年輕人不要亂開玩笑？」

——我知道，女人島的時間和我們不一樣，有很多故事都這

麼說，天上一年，地下六十年。瑪賽其的老婆已經死了，他的兒子變成老頭子了。

──那瑪賽其會很傷心せ，早知道就不要回家了！

是阿！瑪賽其就將他歷險的故事告訴村人，也把獨木舟的造法教給他的族人，從此阿美族人就有了獨木舟，瑪賽其也遵守和鯨魚的約定，每年準備五隻豬，五隻雞，五缸酒，和五包檳榔放在海邊，請鯨魚吃，女人島和祭拜鯨魚的故事和習俗就這樣流傳了下來。

我們還要聽其他原住民的故事，好吧！那我們下一次看原住民的3D動畫〈女人島〉，看看和我說的有哪裡不一樣？

（三）高年級：繪本投影，圖文共讀

帶領流程：暖身活動（14族原住民族與聯想）

《女人島》繪本圖文共讀

學生提問與討論

核心主題：

1. 視覺藝術賞析──臺灣原住民藝術賞析
2. 性別教育──父系與母系社會（或母性親屬社會）

課程時間：二節課

學生提問整理：

1. 為什麼南風吹來就會生孩子？

2. 為何女人國的一年和我們的一年差那麼多？

3. 瑪賽其在女人島享盡豔福，為何還會天天到海邊，望著故鄉偷偷掉淚？

4. 瑪賽其為什麼要離開女人島？

5. 鯨魚為什麼要瑪賽其準備的豬、雞、酒、檳榔都是五份？

6. 阿美族有獨木舟嗎？

7. 瑪賽其思念的老婆和朋友都不在了，會不會後悔回家？

8. 瑪賽其在女人島為什麼不用工作？

9. 女人國的人為什麼要留瑪賽其在他們的島上？

　　高年級學生提問似乎位於低年級與國中學生的轉折性位置，既有對故事內容的釐清（如提問9），也將故事提問擴及到孩子們的生活層面如家庭與友誼（如提問3、7），性／別與母系親屬制度（如提問1、8），漢文化的眼光來看阿美族文化（如提問2、5、8）等。

四　國中帶領實作

　　配合九年一貫學生社會課程中累積的原住民文化與臺灣史知識，以《女人島》故事作為素材，深入討論阿美族民間傳說的文化意涵與祭儀。然而，學者朱雙一認為漢民族創作原住民文學，其實帶有原／漢民族的「鏡像」與「折射」，對於帶領者與中學生對話內容的意識型態，可以作為一種後設的自我檢視。

　　筆者帶領方式為孩子提問，由孩子提問中引導深入原住民／

漢民族文化，由於並非帶領者事先設定的問題，傳說故事與孩子提問的天馬行空特性，帶領者若能稍稍具有臺灣原住民／人類學部分的認識與涵養，較能自由遊走於孩子提問與傳說意涵主題中。

　　以下筆者以七年級學生帶領實作為例，說明臺灣民間故事《女人島》可能有的帶領方式、孩子提問與興趣點、可能引導的討論方向等。

（一）教案設計方向（二－四節課）

1 暖身活動

　　（1）十四族群名稱與代表性祭儀聯想。

　　（2）臺灣原住民族工藝介紹與分享：排灣族木雕作品、魚骨與動物牙齒雕刻作品、手工織布作品、阿美族頭飾、蠟染作品、當代琉璃珠製品等等。

以原住民雕刻作品為例：

　　左圖為日治時期著名雕刻家沈秋大作品，排灣族自古即有雕刻傳統，沈秋大作品風格細膩；通常可以由雕刻作品與孩子對話，找出作品的族群特徵與形式、風格等。

　　右圖為當代臺東卑南族建和部落頭目哈古的作品，風格粗曠，和大部分原住民木雕風格接近。

　　當代阿美族雕刻藝術家作品，以目前成名的季・拉黑子木雕作品為例：

末始——

花蓮阿美族季・拉黑子——木雕創作（1999-2000）

上圖作品風格較為細膩，展現一種自然風化、水蝕的痕跡，同時也有山與海的結合意象，「山」指木頭材料，「海」指作品可能受到沖刷、侵蝕展現的自然痕跡，與另一方面「海」所帶來的孕育與包容。

2 文本閱讀與討論

《女人島》文字故事輪讀。

學生提問後寫在黑板上，進行討論。

3 延伸活動

（1）延伸說故事或閱讀《排灣族婚禮》（遠流）、《山谷

中的花環》（行政院農委會）、《卡拉瓦蓋石板屋》（行政院農委會）、〈大鬼湖之戀──魯凱族的人蛇戀傳說〉《臺灣原住民籲天錄》（臺原）。

（2）分組遊戲：排灣族、魯凱族婚禮。（請孩子們就既有資料找出排灣或魯凱族傳統婚禮的流程與必備物品）

（二）中學生提問整理

關於「女人島」：

1 「女人島」是怎麼誕生的？

　「女人島」在哪裡？

2 最後「女人島」有男人了嗎？

3 「女人島」的女人和女王，都是正常的人類嗎？

4 為什麼「女人島」的女人生下來的孩子都是女孩？

5 「女人島」的女人會老死嗎？

6 一進到「女人島」就不會死嗎？

7 如果「女人島」一年等於其他小島六十年，那他們不是可以活很久嗎？

　是不是每個人去「女人島」，就可以活得比較久？

8 為什麼「女人島」上都是女人？

9 為什麼同樣在地球上，「女人島」上一年等於人間六十年？

10 女人跟女人，要怎麼生小孩？

　為什麼這樣一個島，沒有任何男人卻能讓女人懷孕？

11 女人跟男人結婚，就一定會生下男孩嗎？

12 「女人島」的求婚儀式是檳榔，那人間呢？

平常人們都用戒指來表達心意，為什麼女王要用檳榔呢？

為什麼給他「檳榔」，不給他其它的？

13「檳榔」對他們是代表很重要的東西嗎？

為什麼他們喜歡吃「檳榔」？

14 為什麼南風吹來，女人就會懷孕？

那他們是不是一年生一次小孩？

15「女人島」是真的嗎？

這故事是真的嗎？

關於瑪賽其：

1 為什麼瑪賽其不會老？

2 為什麼馬賽其聽得懂鯨魚說話？

3 瑪賽其在女人島覺得無聊，為什麼不馬上回家？

關於鯨魚：

1 鯨魚也會吃檳榔嗎？

2 為什麼鯨魚一定要五隻豬、五隻雞、五缸酒、五包檳榔？

鯨魚是不是吃這些東西就可以填飽肚子了？

其它提問：

1 東部難有漁港，怎能讓獨木舟登陸？

學生提問顯示了對異文化更深沉的興趣，非僅故事表面的陳述；提問與地理、生物、時間、比較文化等多重知識背景相關。

舉例來說，筆者在臺南山上鄉與一所國中一年級學生曾有關於父系與母系制度的討論，學生們認為家庭中對學生管教與家庭中決策權力較大的成人，擁有在社會上較大的權力（此概念似

乎與阿美族部分母系概念接近），大多數而言學生的管教者與家庭日常生活事件的決策者是母親，然而學生們知道我們處在父系社會中，因而牽引出父系與母系社會在概念釐清的衝突。由此，《女人島》故事牽引出了一串性／別討論與社會上兩性權力分配的各種可能性討論。

五　小結

由於國小、國中孩子生活與知識經驗的不同，同一個民間故事文本可以激盪出不同層次的提問，民間故事由於流傳於民間而產生的庶民風格，因此貼近孩子生活，也容易引起孩子與自己生活的聯結與發想。國小低年級孩子似乎多停留在故事文字層面提問，中學孩子已能與地理、生物、物理（時間的變形）、文化比較等知識連結。

透過孩子提問，可以感受到《女人島》故事文本可討論議題的多面性，同時多元提問也可以感覺出孩子對文本的興趣。由於帶領者未必具有多領域的回應能力，建議透過探索團體方式，帶領人如同兒童讀書會帶領時擔任串聯提問、討論秩序與維持討論進行的角色，引導孩子對話，透過對話、舉例、舉反例、學生合作思考方式進入討論。

《女人島》表現出所謂阿美族「母系制度」觀念同時含括了阿美族男主外、女主內的分工模式（故事中瑪賽其出海捕魚，妻子阿麗操持家務與育兒）、女人島中女王權柄與女性的傳承（女人生下的也都是女孩）等二種面向。阿美族母系親屬制度與漢文化定義下的「母系」社會似乎仍存在差異，故事文本也深入表達

此主題，大部分帶領的臺南或高雄孩子仍生活在臺灣父系中心社會，對於《女人島》隱喻的阿美族特有的母系親屬概念似乎感受模糊與好奇。在文化概念下，故事與圖像表達出部分「阿美族」母系概念的「鏡像」，不妨也能與孩子生活的文化作一比較討論，「折射」出孩子對於母系與父系社會的理解，對於兩性、生命、多元領域的概念，能有更深入的思考。

參考文獻

一 討論文本

張子媛文 李漢文圖 《女人島》 臺北市 遠流出版事業公司
　　1989年

邱若龍導演 魚夫監製〈女人國傳說〉 《原知原味——原住民
　　神話故事DVD》 臺北縣 甲馬創意公司 2007年

二 引用資料

王緯昶文／攝影 陳敏捷插圖 《山谷中的花環》 臺北市 行
　　政院農業委員會 1998年

王緯昶文／攝影 許朝欽插畫 《卡拉瓦蓋石板屋》 臺北市
　　行政院農業委員會 1999年

朱雙一 〈臺灣原住民的自我書寫和他者鏡像——1980年代以來
　　臺灣原住民文學概述〉 《兩岸民族文學交流暨學術研討
　　會》 臺灣藝文作家協會／《新地文學》季刊社出版 2012年

洪田浚 《臺灣原住民籲天錄》 臺北市 臺原出版社 2000年

劉思源文 唐壽南圖 《排灣族婚禮》 臺北市 遠流出版事業
　　公司 1989年

簡扶育 《祖靈昂首出列》 臺北市 幼獅文化 2003年

三　網站

行政院原住民族委員會，http://www.apc.gov.tw/portal/docDetail.
　　html？CID=940F9579765AC6A0&DID=0C3331F0EBD318C2
　　BF983EE012E109D1，2013年5月26日閱覽。

沈秋大木雕作品，http://tw.myblog.yahoo.com/jw！
　　b8KeYaqWFRKniS4EoQRBwZUn/photo？pid=21，2013年8
　　月20日閱覽。

哈古木雕作品，http://www.bing.com/images/search？q=%e5%8d
　　%91%e5%8d%97%e6%97%8f%e5%93%88%e5%8f%a4&qpv
　　t=%e5%8d%91%e5%8d%97%e6%97%8f%e5%93%88%e5%8
　　f%a4&FORM=IGRE#view=detail&id=9D6565B687EF30468A
　　4C05861299758774754F89&selectedIndex=0，2013年8月20
　　日閱覽。

季拉黑子木雕作品，http://www.bing.com/images/search？q=%e5
　　%ad%a3%e6%8b%89%e9%bb%91%e5%ad%90&FORM=HD
　　RSC2#view=detail&id=0A2031E83C73AD8003148C000A2D4
　　AE280661913&selectedIndex=14，2013年8月20日閱覽。

阿美族鳥類故事研究

陳瑋玲

摘要

　　臺灣地區的鳥類種類繁多，在原住民各族群也流傳著為數不少的鳥類故事。人數最多且以歌舞聞名的阿美族，舉凡創世神話、舉天神話、族源傳說、洪水傳說、取火傳說到人變形的民間故事、生活故事、歌舞藝術的創作都可見鳥類的蹤影。阿美族視鳥類為天神的賞賜，珍視鳥類，故事中屢見人鳥之間微妙有趣的互動，反映出社會生活的現實面，蘊含靈魂不滅的思維，表達傾聽自然的態度和維持生態平衡的概念；故事中常寄寓道德教訓、生活哲理。阿美族鳥類故事是阿美族文化美麗的結晶。

關鍵詞：阿美族、鳥類、故事

一　前言

　　臺灣的鳥類早為國際重視，近年在賞鳥協會的推廣下，臺灣人對鳥類的興趣漸由獵食，轉為欣賞、重視和保育。除了生物性性研究，在醫學方面，近年禽流感之故，更引發大眾對鳥類特性的關注。

　　臺灣業餘賞鳥之風蓬勃發展「到1990年代晚期，每個縣市都建立了地方性地野鳥學會，鳥類資料收集的涵蓋面也更加寬廣。」[1]各地的鳥會除了鳥類的生物性資料的建立，經由深入各棲地和原住民互動的過程中，賞鳥人士同時注意到各族群的鳥類傳說故事，這些鳥類傳說故事，對各族群的生活、心理產生不同的影響。透過不同族群文化的視角，同一個物種呈現不同的文化樣貌，投射出族群的社會生活型態、文化思維、心靈渴望。生物、醫學研究之外，鳥類的人文學科研究正等待著被擴充。

二　研究範圍

　　臺灣的原住民族有語言但沒有文字，自古以來藉著口傳的方式保存了各民族的文學。近百年來原住民口傳的內容逐漸經由文字紀錄成書，有日文記錄後譯為中文的、有直接以中文紀錄的。布農族學者達西烏拉彎·畢馬，漢名：田哲益，進一步彙整各文本完成《原住民神話大系》，收錄泰雅、賽夏、布農、魯凱、阿美、邵族、鄒族、排灣、卑南、達悟十族的口傳文學，保存了珍貴的民間文學研究資產。本文即採用《原住民神話大系8－阿美

1 劉小如等：《台灣鳥類誌第二版（上）》（臺北市：行政院農業委員會林務局，2012年12月），頁22。

族神話與傳說》作為研究文本。

　　許鈺在《民俗學概論》〈第九章民間口頭文學（上）〉提出：「民間口頭文學按文體可以分為三大類：（一）散文的口頭敘事文學，包括神話、傳說和各種民間故事；（二）韻文的民間詩歌（抒情的和敘事的長詩、各種歌謠）、諺語、謎語；（三）綜合敘事、抒情、歌舞，具有較多表演成分的民間說唱、民間戲曲。」[2]《原住民神話大系8—阿美族神話與傳說》收錄的內容為第一類：神話、傳說、民間故事，微量的第二類：歌謠（歌詞）穿插在散文敘事中。本文討論的內容為第一類有神話、傳說以及民間故事。

三　研究方法與目的

　　本文除了運用比較法外，同時借助鳥類學的紀錄來解析文本。從現有的資料檢視，各族群都有鳥類的神話傳說故事，而臺灣各族群中以阿美族的人數最多，本文試從阿美族的鳥類神話傳說故事做為研究起點，希望藉著這樣的研究能了解：哪些鳥類出現在阿美族的故事中？這些鳥類在文本中有甚麼象徵意義？阿美族運用甚麼方式呈現鳥類的形象？與那些生物特性做結合？阿美族人在形塑這些鳥類形象時反映出甚麼樣的思維和社會現象？期待這樣的研究對阿美族與鳥類的關係有更深入的了解。

---

2 鍾敬文主編：《民俗學概論》（上海市：上海藝文出版社，1998年12月初版、2009年6月重印），頁241。

四　故事分析

（一）鳥來源

故事	鳥名	頁碼[4]	篇名	書名	編注譯
a 天上父母神 賜動物和鳥	老鷹、伯勞鳥[3]、耶鳥	72-74	〈阿美族的起源〉	《台灣原住民族口傳文學選集》	林道生
b 天上父母神 賜動物和鳥	鳶、鳥	132		《原語による台灣高砂族傳說集》	小川尚義、淺井惠倫著（1935），余萬居譯

　　鳥類源於何處？故事a記述阿美族的起源時說道：「從前，住在天上的父神和母神，有一次命令他們的男孩卡克毛朗和女孩余萊哈布兩位年輕的男女神，從天上降到桃拉揚（註：玉里三笠山）。父神把孩子們召到面前說：『孩子呀！你們要到地上去。你們要帶著豬、鹿、老鷹、伯勞，還有我最喜歡的耶鳥。』

　　故事b「古時，曾有kakumolan　sapatolok和lvalaihay（兩位男女神）奉父神和母神之命，降臨至地上界，並賜給他們豬、鹿、鳶、鳥……等動物。」

　　兩個故事都說到鳥類及其他動物，由天上父母神所賜，伴隨年輕男女神到地上來。故事a強調「耶鳥」是天上父神最喜歡的。故事b提到的「鳶、鳥」，於周綠娟〈東寫西讀——從「今

3　下列各表的頁碼是按田哲益《原住民神話大系8——阿美族神話與傳說》所錄。

4　伯勞鳥的英文俗名是屠夫鳥，形容伯勞的把獵物掛在尖銳的樹枝或刺上，像屠夫在屠宰場處理肉類的行為。習性：勇敢、兇猛、不怕人，飛行強而有力。食性：以昆蟲及小型爬行類、鳥類或哺乳動物為食如蚱蜢、甲蟲、老鼠等。棕背伯勞具有如猛禽般的鉤嘴與銳爪。（上述整理自《台灣鳥類誌》（中），頁549-565）

日台灣」看「台灣的族群與語言」〉文中指出：沒有圓唇音「ㄩ」，但有半元音是「一」是阿美族語的言特色之一。（詳見頁16）「耶鳥」可能為「鳶、鳥」或「鳶鳥」，在口述和紀錄時產生的出入。

這兩則故事所提到的三種鳥類都是凶猛的肉食性鳥類。老鷹和鳶（天上父神最喜歡的耶鳥）是猛禽類，佔食物鏈上端的位置；伯勞對破壞農作的昆蟲、小動物有抑制作用。三者在生態平衡與作物收穫的成果上有重要意義。

（二）鳥示媾

故事	頁碼	鳥名	結果	篇名	書名	編注譯
a 兩神見鶺鴒鳥交尾，悟而生子	55	鶺鴒鳥	生兒育女	〈諾冊二尊の話に似たる台灣蕃人阿眉族の口碑〉	《人類學雜誌》	佐山融吉著（1928），劉佳麗譯
b 男女神觀赫瓦庫鳥搖尾，悟媾合之道	56	赫瓦庫	悟媾合之道，繁衍子孫	〈阿美族的口碑與傳說故事〉	《東海岸評論》1991年12月	林道生
c 男女神觀二鳥搖尾，悟媾合之道	248	無	悟媾合之道		《生蕃傳說集》	佐山融吉、大西吉壽著（1923），余萬居譯

故事a「太古時代，在臺灣東部一座稱為botoru的孤島，abokupayan、tariburayan兩尊神同時降落在河的兩岸⋯⋯一日它們蹲在火邊烤地瓜時，才發現了各為男女的差異，偶而看見鶺鴒鳥

交尾，從此數年後兩人生下十幾個小孩……。」

故事b男神「阿波枯拉樣」和女神「轕莉布拉樣」偶然拉扯枯藤以致起火，發現火後，蹲踞於地烤地瓜，發現彼此凹凸有別之處，「正在不可思議時」，飛來兩隻名為「赫瓦庫」的鳥，「使勁地搖著尾巴」，按林道生在其所著的《原住民神話與文化賞析》頁186本文寫道：「飛來兩隻赫瓦庫（鶺鴒）」，頁188處的賞析則寫道：「同時又從鶺鴒學到了男女媾和之道」，鶺鴒應即為鶺鴒。

故事c兩神同住，發現火，想烤地瓜時，發現生理構造的差異「二神彼此注視，突有二鳥飛來搖搖尾，二神見之，始悟媾合之道。」並沒有說明是哪一種鳥？

上述三個故事同樣說到：男神女神降臨至人間，發現火，烤地瓜時察覺彼此的身體特徵不同，雖然兩情相悅，並不知如何運用，鳥類的交尾適時提供示範，男神女神從而領悟媾和之道，得以繁衍子孫。

鶺鴒的分類學地位是雀形目，鶺鴒科，鶺鴒屬「Motacilla為鶺鴒的拉丁名，原意代表搖動尾部的意思。」灰鶺鴒有「單獨或成對活動，甚少集結成群」的特性。（上述整理自《台灣鳥類誌》（下），頁514-528）

鶺鴒經常搖尾、成對飛行的特性，適時出現交尾的行為，提供男女神明確的示範。鳥類在生殖傳說故事中扮演重要啟發者的角色，成為人類模仿的對象。

（三）鳥舉天

故事	頁碼	原因	鳥名	結果	書名	編注譯
a 天過低，天神召眾鳥舉天	117	天低幾乎觸人	tachu鳥和眾鳥等	天舉高	《生蕃調查報告書》	佐山融吉（1915）著、黃文新譯
b 天低人困，天神召鳶、tatachu鳥等舉天	358-359	天低日焰祖先困而穴居	鳶、tatachu鳥、chikuli鳥等	天舉高，chikuli鳥變小，tatachu鳥變鳥王	《生蕃調查報告書》	佐山融吉著、黃文新譯

　　故事a：「太古時代天低幾乎可觸人頭，在天之諸神大發慈悲，召來諸鳥命令他們舉天，但眾鳥均無法辦到。適有tachu飛來，只停在樹枝上觀看並唱起好聽的歌。眾鳥勇氣大增，天便漸被抬到如今之高度。」tachu鳥的歌聲使眾鳥的力量勇氣備增，於是天被舉高，tachu鳥並非親自舉天，而是貢獻激勵士氣的歌聲，tachu的歌聲促使眾鳥的精神力產生，集眾鳥之力完成舉天壯舉。

　　故事b：「太古時天低而受太陽的烈焰所困，祖先因而在地中掘穴以棲，但因極為不便，有一日他們向周圍四方呼叫鳥類朋友快來共商對策，先飛來的是鳶群。祖先向鳶說：『你們可以看到天距地太近了，請你們幫忙把天抬高。』鳶並無良策，後來的鳥也不知如何是好。

　　後來有一tatachu鳥，祖先也向牠請求。tatachu聽到之後，張望四方，然後飛起而停在樹枝上鳴叫：tacchuka tacchuka sasa tacchuka。其鳴聲響徹四方，天地為之震動，繼之天漸漸高昇至

如今的高度。

當時人類及走獸都歡喜若狂，聚起來讚賞tatachu之功。然而一旁有叫做chikuli的大鳥，曾試過舉天，但卻徒勞無功，今看到矮小的tatachu成功了而十分羞愧，乃進入地中從一孔窺視狀況。

但等眾人及獸散去之後想出來時，竟發現原來的身體已經變小，過去高傲的身材已消失無存。反而tatachu從此勢力大增，如今已成為萬鳥之王。」

故事b「祖先」請「鳥類朋友」共同解決天過低的問題，與故事a「天神」「召命諸鳥」來舉天有所不同，人視鳥為友，關係和諧平等。

身形雖小的tatachu鳥以歌聲震動天地，小兵立大功，成為萬鳥之王。tatachu鳥以小勝大（chikuli鳥），以少勝多（鳶群），說明不可以外表的大小、數量的多寡、體能的強弱來論列行事的結果。小和少也可能成就大事，精神力可以提升體力，精神力有時比體力更加強大，巧力勝過蠻勇。

江秀雪在《臺灣博物》〈阿美族奇美社的豐年祭歌舞〉一文中提到烏秋（tatahciu）可舉天「而這隻tatahicu（烏秋）則是整個世界的扶持者，因為萬一有一天，天空掉下來，tatahcu會將天空撐起來。」tatahciu與tatachu應是同一種鳥。

烏秋是大卷尾的別名：隸屬於雀形目卷尾科卷尾屬。卷尾科的習性：兇猛好鬥、常在枝葉間喧鬧聒噪。烏秋會主動追擊空中飛過的猛禽。山烏秋是小卷尾的別名「會主動攻擊接近的猛禽和巨嘴鴉，為其它的混群的山鳥提供保護。非常喧鬧。」不管聲音或習性的大小卷尾都有以小博大的驃悍，是猛禽類畏懼的鳥類。

（上述整理自《台灣鳥類誌》，頁579-589）

故事中說tatachu只在停留在枝頭鳴叫，就有舉天之能，聲勢驚人，成為「萬鳥之王」，與烏秋的兇猛、喧鬧、霸氣等特性頗為吻合。

（四）鳥禍水

故事	頁碼	鳥名和特殊能力	篇名	書名	作者
a天神兒女見鄰養鳥，屢次請求餽贈不成，惹怒鄰居發洪水，兄妹漂流至貓公山	49	棕背伯勞cilut（開墾時預知未來收穫狀況）、烏秋tatahciu（世界的扶持者，天若塌下來可撐起）、鷹Lideb（力大無比）	〈阿美族奇美社的豐年祭歌舞〉	《臺灣博物》	江秀雪
b惡神索鳥不成發洪水	72-73	鳥、伯勞鳥、耶鳥	〈阿美族的起源〉	《台灣原住民口傳文學選集》	林道生著

故事a洪水浩劫的傳說，與鳥有密切的關係。天神兒女見鄰養鳥，屢次請求餽贈不成，惹怒鄰居，鄰居發洪水，兄妹漂流至貓公山。天神的鄰居拒絕分贈所飼養的鳥類原因在於：

這些鳥兒絕不能送人！比如說這隻cilut（棕背伯勞），可以幫我們預知未來，開墾的時候他會爭先告訴我們是否能有收穫；而這隻tatahicu（烏秋）則是整個世界的扶持者，因為萬一有一天，天空掉下來，tatahicu會將天空撐

起來，這樣，地也才會寬廣，至於這隻lideb（鷹）則有誰比牠更有力氣呢？所以我們考慮再三，這些鳥兒一隻都不能送給別人！

故事b則是先降於地的夫妻神（布拉特和娃娃南）向天神兒女索求鳥類等動物，遭拒後，向伯父卡維魯（惡神，妻阿卡）訴說，惡神找（海鰻母神）葛遜·馬特拉發洪水，天神兒女逃回天上，天神孫兒女躲入臼中漂流，孫兒女長大後兄妹婚，生兒育女，為阿美族的祖先。

故事中明示伯勞、烏秋、老鷹重要的功能：棕背伯勞能預卜收穫狀況、烏秋能撐起天空、老鷹力大無比，這三種鳥類的地位和價值很高，攸關民生，若要強奪就會自取災禍。

（五）鳥取火

故事	頁碼	原因	鳥名	結果	書名	編注譯
a洪水後的兩兄妹無火可用，託鳥和蛆取火，失敗。後以白石合碰取火	194	摩擦藤、木取火費時	tatachu鳥	火種落海	《蕃族調查報告書》	佐山融吉著，黃文新譯
b洪水後里那哈木的兩兄妹無火可用，托鳥取火，小蟲接力，失敗。後擊石取火	196	摩擦藤、木無法取火	塔塔特尤鳥	火種落海	《原住民傳說島粟的兄妹》	范純甫主編

在鳥示嫠的三個故事中都已以看到創世起源的男神女神已，先發現火，因索鳥之故引來洪水，才造成無火可用的情形。

故事a因洪水、熱泉、部落淹沒，劫後餘生的兩兄妹，漂

流到nalumaan無火可用「乃以藤與木摩擦以生火，其過程甚為費時，一日看見tatachu鳥之來臨而命其取火來，tatachu鳥飛向東方去取火回來，然在其飛回海岸時不慎將火種掉落海中。後來又看到蛆來，託其取火，蛆也取火來，但不久就熄滅了……。」

兄妹知道如何取火，只是藤與木摩擦生火「其過程甚為費時」，才想到更便利的方法：直接找鳥來取火種來使用。鳥不慎失落火種，後來兄妹以白石碰擊得火。故事中沒有說明鳥不慎掉落火種的原因。

故事b「阿美斯南勢部落的狩獵地，叫里那哈木……洪水淹沒了整個部落……初到娜努馬安的時候，沒有火種，兄妹倆十分煩惱。他們取來野藤與樹木，試了試用摩擦能不能取火，結果不管用，取不出火來」於是兄妹倆又請一種名叫塔塔特尤的小鳥去尋找火種。小鳥展開翅膀向東方飛去。過了一些時候，小鳥果然叼著火種飛回來了。小鳥眼看快到海岸了，高興地叫了一聲。這一下，火種就掉進了海裡。這時，海面上浮動一群小蟲。小蟲接過火種，向海灘游來。可是小蟲游得很慢，火種就在海面上熄滅了。……兄妹倆在椿米時，石杵與石臼相碰過猛，跳出火星。兄妹們心頭一亮，就取枯乾的落葉，然後用一塊石頭碰擊另一塊石頭，引出火苗。從此，他們學會了擊石取火了。」

故事b兄妹試過摩擦野藤與樹木，但取不出火，但鳥取火故事a則說「過程費時」，故事b說明鳥取火失敗原因，故事a只說結果。故事b清楚說明兄妹學會擊石取火的過程，故事a沒有說明。

「Tatachu」與「塔塔特尤」應是譯文的差別，兩者當為同一種鳥。鳥舉天故事b中，舉天成功的鳥王即為tatachu鳥，但舉

天英雄卻是取火失敗者，失敗原因在於：任務達成在望卻因得意忘形，失落火種。其教訓意義在：沒有真正成功前切忌高興得太早。鳥取火是三段式結構，鳥失敗，蟲也失敗，最後人類自己找到方法。舉天靠鳥之工，取火則回歸人類自身的發現和努力。

（六）鳥指示

故事	頁碼	鳥名	篇名	書名	編注譯
a巫頓、李那麥兄弟獵得人頭使用鳥指示的拉俄勞樹枝當挑擔。始終無法取悅母親，兄弟將鳥翅套頭上、佩掛雕有七星的刀，沉入地，變成星星	102-103	Tatahtsiu 烏鶖	〈巫頓與李那麥〉	《臺灣原住民族口傳文學選集》	林道生
b兄弟獵人頭，鳥指示用樹枝背人頭帶回。離家數年後，鳥指示兄弟吃橘子，橘中出女，從而得妻。	323	tatahkiu	〈阿美族的故事與傳說〉	《考古人類學刊》	杜而未著（1918）

故事a人變星星的故事，是阿美族對李那麥星和巫頓星（又名巫洛星vulo）的由來傳說。

父親崔勞・依利基故意弄濁泉水，讓兩個聽話的兒子誤殺他。母親責備他們後，又要求再獵兩個人頭，兄弟照辦之後竟遭母責備，兩人感嘆不管做甚麼都遭母親發大脾氣，於是離家娶妻。過不久，回家探望母親，仍然被責備，一肚子怨氣的兩兄弟，以鳥翅套頭、佩掛刻有七星的刀，踏地自沉，變成李那麥星和巫頓星，傷心的母親只能遙望天空。

　　兄弟倆砍樹枝挑人頭時，哥哥砍的樹（talovilov）一挑即斷，弟弟的樹（laolau）不會斷，原因何在？「弟弟回答說：『是聽了tatahtsiu』烏鶖叫著塔哈楱·拉俄勞的聲音，在烏鶖停著的樹下找到的。」哥哥跟著照做，順利挑回人頭。

　　故事b兩兄弟依從父親指示反而誤殺父親，依從母親的心意反而遭母親指責，獵到人頭的兩兄弟依從鳥類指示：「在歸途上tatahkiu鳥指示哥哥用細樹枝將人頭背回，弟弟用粗樹枝背回。二人依從其吩咐做了。在路上哥哥的樹枝斷了，只好用弟弟的方法將人頭帶回。」離家七年後，遇到門外種橘子樹的老婦，因飢餓請求吃橘。「這時tatahkiu鳥又指示哥哥拿上面的橘子，弟弟吃下面的，哥哥用口剝開，弟弟用手一摸。他們如是做了，從橘中各出現一女與他們兄弟二人成親。兄及嫂後來亦得病身亡。弟弟生了九個孩子，成了祖先。」

　　上述兩個故事共同之處都是兄弟依從父母的指示做事反倒受責難，依從鳥類的指示做事反而有好的結果。「天下無不是的父母」在原民故事中反映的卻是「天下有不是的父母」。人的心意有時莫名難測、昏聵愚昧，鳥類的指示與結果反而有一致性。從這個故事或可以看出鳥占在原民的生活中佔有一席之地的端倪，反映阿美族尊重自然、傾聽自然的態度。

　　Tatahtsiu即烏鶖，江秀雪一文中提到烏秋（tatahciu）可舉天，tatachu也是舉天鳥。Tatahtsiu、tatahciu、tatachu、tatahkiu、塔塔特尤鳥，應該都是烏秋的阿美族名稱。《阿美族語隨身詞本》[5]烏秋的記名則是tataheciw。記名多種，有待統一。

---

5 蔡明新策畫主編：《阿美族語隨身本》（高雄市：高雄市原住民語言教育研究會，2007年9月出版），頁418。

（七）人變鳥

故事	鳥名或鳴	變因	頁碼	篇名	書名	編注譯
a 繼女變鳥	卡！卡！	受虐	96	〈變了鳥的女人〉	《台灣原住民族口傳文學選集》	林道生
b 繼子變烏鴉	烏鴉	受虐	98		《臺灣原住民的母語傳說》	陳千武
c 養女變烏鴉	烏鴉	家人虐待	259		《原語による台灣高砂族傳説集》	小川尚義、淺井惠倫著，余萬居譯
d 少女變小鳥	akuaku	家人虐待	260		《蕃族調查報告書》	佐山融吉著，黃文新，譯
e 小姊妹變山鷹	山鷹 咯哩……羅羅羅羅	畸形家貧	100-102	〈螺螄姑娘〉	《原住民傳說（下）》	范純甫主編
f 淫婦變鳥	vaʔovaʔo	奸淫羞愧	266-267		《秀姑戀阿美族的社會組織》	劉斌雄、丘其謙、石磊、陳清清

　　故事a：「……兩家的孩子們一大早就一到去田裡耕作……柯馬家的孩子三天都沒有帶中飯……阿卡追問個究竟，原來哈娜

的繼母不給她準備午餐，平常也對她不好，一天吃兩餐，也不給她吃飽，只要求她做許多的工作。……哈娜又難過又生氣的說：『今天起我再也不回家了！』……把扯斷的袖子插在手臂上便成了左右兩邊的翅膀，她把所用的小鋤頭也插在鼻端變成了一隻鳥，飛到了樹上『卡！卡！』地叫著……今天，當人們在田裡工作的時候，鳥兒常常從樹上飛下來吃人們的飯盒，便是從這個時候開始的。」這裡的「鳥兒」沒有指明哪一種鳥類，但從鋤頭為喙的外觀、狀聲詞『卡！卡！』的叫聲與鳥類的雜食性來看，應是指烏鴉。

故事b兩家的孩子互相幫忙去旱田工作，甲家父親、繼母每天帶切肉或燒餅很晚才去工作，卻讓孩子餓肚子，被別人發現後，孩子感到羞恥，不想回家，變成烏鴉：

「他把衣袖劈哩劈哩撕開，做翅膀，用小鍬做嘴巴，一會兒飛到樹上，嘎嘎叫了幾聲。朋友一看變成烏鴉了。……父母親就把餅和肉放在樹根上，站到遠方去。過一會兒，牠才下來吃餅和肉，吃完又飛到樹上去。母親和父親看著他，傷心地哭了很久，又後悔又哭。現在，烏鴉會吃人的便當，是如此開始的。」

故事c「有兩個孩子互助在田裡幹活，其中一個孩子是收養來的，但她自己不知道。每天中午時，孩子們的父母總會帶肉及麻薯來共近午餐，但那養女總是沒得吃。後來別人看不過去，就告訴她實情。她於是傷心地離開，之後變成一隻烏鴉在樹上ak、ak……地叫著……據說父母曾為此哭了再哭，這就是為什麼烏鴉會吃人的便當的原因。」

在上述故事裡，阿美族人為烏鴉雜食人類食物的行為做出解釋。

故事d「從前有兩個少女，二人正努力工作時，其中一少女突然開口說，我家人對我不好，在世上過日子實在沒啥樂趣，不如變成鳥，可任意在天空飛翔。……我現在將變成一隻鳥，我的叫聲將會是akuaku。說完後再入草叢中脫去衣服，撕破之後再用唾液附在身上。……之後振翅飛走了，一邊飛還一邊叫著akuaku。今天族人不殺鳥就是這個緣故。」

這個故事解釋阿美族人不殺akuaku鳥的原因。

上述故事有共同的敘事模式：兩個孩子（主人公是養女、繼子女，故事d可能是親生子女）一起工作，受虐挨餓，被他人發現後，就地取材，變成鳥。

古代醫療的不發達，易造成產婦的死亡與新生兒的夭折，古代的經濟型態又以人力為主，為完善家庭的功能，所以收養兒女以及續弦的現象時有所聞，繼女或養女受虐的故事普遍存在各國的民間故事中。因人性的扭曲，親生兒女受虐的故事也不乏所聞，故事d可能是此類。

著名的灰姑娘故事在世界上廣泛流傳，劉曉春在《中國民間故事類型研究》〈仙履奇緣—"灰姑娘"故事解析〉文中剖析原因有二：

> 一是由于繼母虐待前妻子女這一人類劣根性的長期存在，千百年來人們便禁不住對這個在繼母淫威下幸運生存下來並獲得美滿結局的女孩子寄予深深的同情；二是由於它雖作為一個美麗的幻想故事，可是通過曲折情節揭示出來的又是一條貫通古今的生活哲理—女孩子可以通過締結婚姻，擺脫困境，轉變自己的命運。美國民俗學家詹姆森

在《中國的灰姑娘故事》一文說得好：「灰姑娘故事的確是個好故事，因為它是一劑良藥，是一劑精神和社會的良藥。」[6]

在灰姑娘類型中以「婚姻」為擺脫困境的途徑，但在此困頓生命的出口是「變形」。若說灰姑娘是一帖良藥，它可說是一帖包著糖衣的苦口良藥；而阿美族受虐兒的人變鳥故事，對失職的父母，它是一帖沒有糖衣的苦口良藥，有著醒世、警示的作用。

普羅普在《故事形態學》對飛鳥有以下的剖析：「伊萬在空中乘坐的載運工具在故事裡有三種基本形式：飛馬、鳥兒和飛船。這些形式恰恰是載運死者靈魂的工具，而且在遊牧民族和農耕民族那裡馬佔優勢，在狩獵民族那裡則是鷹，而到了沿海居民那裏就是船了。如此說來，可以假設故事建構的最初根基之一，正是漫遊所反映的有關靈魂在陰間遊蕩的觀念。這些觀念，以及其他一些觀念，毫無疑問可以在全球相互獨立地產生。」[7]

飛鳥、飛馬飛船常作為亡的引渡象徵，人變飛鳥代表著靈魂不滅只是轉換型態繼續存在的觀念。在《山海經》有精衛填海的故事、阿美族有人變鳥故事，誠如普羅普所言這是「全球相互獨立地產生」時空、種族、文化背景完全不同的民族竟有如此雷同之處，頗值得深思。

鴉科有以下特性：鳴叫聲多半大聲、粗啞，許多有「嘎—嘎—」的叫聲。而我們一般稱為「烏鴉」的是鴉屬中巨嘴鴉的別

---

6 劉守華主編：《中國民間故事類型研究》（武漢市：華中師範大學出版社，2006年12月），頁556。

7 〔俄〕弗拉基米爾·雅可夫列維奇·普羅普著、賈放譯：《故事形態學》（北京市：中華書局，2006年11月），頁105。

名。外型特徵：喙黑色，粗、厚且大，上喙到接近喙尖處才變窄。全身黑色。性機警，有人接近即會大聲發出警告叫聲，或集體飛走。雜食各種農作物、蟲、鳥甚至廚餘、腐屍。鳴叫聲為大聲的「啊！啊！啊！」（以上整理自《台灣鳥類誌（下）》，頁23-56）

烏鴉的巨喙與故事中用小鍬、鋤頭插在鼻端變成的採其形似，雜食性與偷吃人的便當吻合，對人有防衛、機警與等父母離去才取食的習性關聯，粗啞的鳴叫聲，與故事的情節內容緊緊相扣，表現高度的聯想力、想像力。

故事e「小姐妹從小挨餓受苦，身體畸形，一個是鬥腳，一個是駝背。」嚮往鳥兒能自在飛行、自由覓食，於是設法用破簸箕和破藤席做翅膀，學會鳥兒的飛行、獵食技巧，將捕獲的食物供給父母，並且劫富濟貧、照顧窮孩子，奪回父母被有錢有勢的人家搶走的獵物。姊妹從模仿鳥兒後來變成鳥兒「姐妹倆變成的鳥兒，就是勇敢的山鷹。山鷹姊妹的故事世世代代往下傳。直到今天，阿美族人的獵槍甚麼飛禽都打，唯獨不打山鷹，就是因為這個緣故。」

小姐妹運用變形突破了生理和環境的限制，從被動等待父母提供食物，轉為積極覓食，供應父母及其他挨餓的孩子，既有積極勇敢的突破困境的精神，又有孝養雙親的德行、悲憫貧弱兒童的心腸。小姐妹的形象觸動人們的同情和敬愛，獵殺山鷹就有違人類善良的本性。從生態保育的觀點來看，山鷹在食物鏈的高層，阿美族人不捕殺山鷹是具有生態保育的概念。用這樣感人的故事世代相傳，具有多重的教育意義，實為阿美族人的智慧。

故事中敘寫小姊妹變鳥的的方式從體型特徵：「身上長出茸

羽毛，大翅膀，尖爪子，長喙嘴」；食性：「……能抓最機靈的山兔、野雞……能捉到魚蝦蚌蟹……」；鳴叫聲：「咯哩……羅羅羅羅」三方面與山鷹的特性結合。

故事f淫婦變鳥的故事，淫婦lungats的姦情被發現，情夫被丈夫iko擲槍殺死，夫家向姦夫的家人要求重罰五十年勞役、五十年的供糧。此後長達五年的時間淫婦lungats羞愧不敢見人，「全身骯髒異常，衣服內生滿蝨子，於是告訴她的父母說：『我要變鳥了。』說完就有一隻鳥從屋子裏飛出去，以後這隻鳥還時常飛回家來玩，回來時唱著：『vaʔovaʔo』的歌。意謂：『像我這樣下場！像我這樣下場！』」淫婦所變的鳥是羞恥的象徵，故事中對姦淫的重罰有很強烈的警世意味。

人變鳥的故事以藝術化手法為鳥類特性做解釋，同時處理人倫的缺憾、包括對靈魂的看法、對不道德的批判，以悲哀的結局作為社會家庭的提醒，形式簡短但內涵豐富。故事具有強烈的道德訓示作用、確立不殺某些鳥類的生活準則。

（八）鳥危害與鳥救助

故事	頁碼	事件	篇名	書名	編注譯
賓郎、嚴實、藤嫚三角戀	143-146	老雕吞藤嫚姑娘雙眼和心臟。 小鳥指引救藤嫚之法，贈兩顆避水珠。	〈檳榔的傳說〉	《原住民傳說（上）》	范純甫主編

一般所說的鷹、鵰、鳶、鷲、鶹、鴛、鴞在分類上都屬於隼形目鷹科，喙與爪都成鉤狀，飛行技巧高是完全肉食性的鳥類，

位居食物鏈高層。因人為的捕獵、棲地破壞等因素，數量大為減少，目前多種列為受威脅鳥種。（詳見鳥誌上，頁439-445）

這則故事中威猛迅捷的老鵰傷人性命「只見一隻凶狠的老鵰把一個姑娘撲倒在地上，用利爪挖出姑娘的心臟和雙眼，張大嘴吃進肚裡」，賓郎、嚴實為犧牲自己救藤嫚姑娘而爭執，小鳥飛來提供解決的方法，並給予寶物：

> 小鳥讓他們伸出手來，便從嘴裡吐出兩顆寶珠說：「這是兩顆避水珠，你們把它含在嘴裡，到海裡去治伏火龍，讓火龍馱著你們到玉山，才能儘快逮住老鵰。我在這兒看住姑娘你們趕緊去吧！」

小鳥主動護守受傷的人類。不知名的小鳥，扮演熱心善良、聰明智慧、擁有神奇寶物的角色，順應牠的指引成功決難題，救回人命。在這個故事中小鳥具有靈性、能力，在人類患難中扮演鼎力相助的良友。故事中出現兩種鳥，一種傷人一種救人，猛禽傷人，小鳥救人。不輕視「小」的概念，小有時蘊含超越形體的智慧力量。重視小鳥的指引，能夠有好結果。

（九）人鳥情

故事	頁碼	鳥名	書名	編注譯
愛鴿男子因母殺鴿，吞鴿骨懸樑死	281	鴿	《生蕃傳說集》	佐山融吉、大西吉壽，余萬居譯

這則故事敘述男子沉迷寵物鴿子釀成的悲劇：

古有一男子，凡出去打獵時必帶裝有一鴿子的袋子，但回來時從未打回任何獵物。……母親後來把鴿子殺了，兒子怨其母殘忍，他把遺骨裝在原本的那一袋子裡，掛在樑上，照顧備至。後來，他趁母親不在家時，把那些鴿骨吞進肚子裡，然後垂樑，向入夢般死去。

鴿子在分類上是鴿形目鳩鴿科鴿屬，灰林鴿是「頸部優美的鴿子」，黑林鴿是「紫羅蘭色鴿子」，飛行肌肉發達，一夫一妻制。（見《臺灣鳥類誌》（中），頁311-317）

鴿子的優美、馴良、善飛、忠貞是人類喜愛飼養的鳥類之一。在古代狩獵是男子重要的工作，沉迷於寵物而不顧生計，是不被接受的行為，男子的偏執與母親激烈的處理手法，最後釀成悲劇。阿美族的人與動物情的故事都以悲劇結尾，父母家人斷然殺死動物，阻止人與動物的媾合、耽溺，阿美族人否定偏執、畸情、玩物喪志、不務正業。

（十）人仿鳥

故事	頁碼	模仿對象	結果	篇名	書名	編注譯
凱蘭學歌舞	148	鳥鳴和風中檳榔樹	阿美族歌舞特色	〈阿美族舞蹈的傳說〉	《原住民傳說（下）》	范純甫主編

能歌善舞，是阿美族的特色之一，根據《臺灣大百科全書──阿美族舞蹈》所記；「阿美族舞蹈的最大特色，就是有舞必有歌。」在〈阿美族舞蹈的傳說〉中阿美族人並不是一開始有邊歌邊舞的型態。阿美族歌舞的發展過程是先會唱歌，然後

才舞蹈，邊唱歌邊跳舞的型態是由傳說人物「凱蘭姑娘」創始的。「相傳，那時部落裡有個叫凱蘭的姑娘，很會唱歌，她的歌聲能喚起百鳥和鳴，能衝開烏雲見太陽，能驅散鄉親們的心頭愁。……但是她卻不會跳舞。」

凱蘭看見檳榔樹風中搖曳的姿態起而模仿，於是邊唱歌邊跳舞，凱蘭回答卡吉達安（部落頭人）她從何學來的？「尊敬的卡吉達安，我唱歌是跟小鳥學的，跳舞是向檳榔樹學的。」卡吉達安叫凱蘭教授大家唱歌跳舞，「從此，阿美人就有了自己姿態獨特的舞蹈。直到現在，阿美人跳舞的動作總是忽左忽右，上下起伏，和風中的檳榔樹一個模樣。」

按《臺灣大百科全書——阿美族舞蹈》所記，奇美部落（花蓮瑞穗）發展出一種特殊的的勇士舞，據說是先人觀察飛鷹展翅而創作的。凱蘭學習小鳥唱歌，能喚起百鳥和鳴，所學的鳥種應是多種。奇美勇士舞觀察飛鷹展翅的姿態而得，只留下說法，沒有如凱蘭的故事有完整的敘述內容，這個部分或因原有故事傳說已經失傳，或是仍然有故事存在只是尚未採集紀錄，值得進一步探究。

五　結論

1. 出現在《阿美族神話與傳說》中鳥類（除少數名稱無法確認外），計有鷹、鳶、伯勞、鵪鶉、烏秋、烏鴉、鵰、鴿子等八種。

2. 阿美族視鳥類為天神的賞賜，對鳥類珍視、喜愛。肯定鳥類獨特的價值，早已體認到老鷹、鳶和伯勞具有抑制蟲害、平

衡生態的意義。

3.鶺鴒在阿美族生殖傳說故事中扮演啟發人類、使人類得以
繁衍的角色。烏秋同時具有舉天英雄與取火失敗者的雙重角
色，有「不以大小論英雄」、「失敗乃因得意早」的意涵。
烏鴉是羞恥與不幸的象徵，山鷹是自強孝慈的象徵。

4.人變鳥的故事表達靈魂不滅的思想；以淫亂為恥、以虐兒
為可悲的道德標準。為鴿而死的故事，表達阿美族人否定
偏執、畸情的道德意識。阿美族學習鳥類歌舞，聽從鳥類
指示，接受鳥類救助，反映阿美族視鳥類為友善、智慧的朋
友。

阿美族人擅於觀察、模仿、學習、傾聽鳥類，展現與自然界
的其他物種和諧共存的概念。通過對鳥類的外觀、食性、習性、
鳴叫等細膩的觀察、以及社會生活的了解，運用豐富的想像力、
聯想力，在簡短的形式中，傳達多重思想意涵，阿美族口傳故事
高度的藝術價值，值得發揚。

參考文獻

（依作者姓氏筆畫順序排列）

〔俄〕弗拉基米爾・雅可夫列維奇・普羅普著、賈放譯　《故事形態學》　北京市　中華書局　2006年11月

〔俄〕弗拉基米爾・雅可夫列維奇・普羅普著、賈放譯　《神奇故事的歷史根源》　北京市　中華書局　2006年11月

田兆元、敖其主編　《民間文學概論》　上海市　華東師範大學出版社　2009年8月

林道生編著　《原住民神話與文化賞析》　臺北市　漢藝色　2003年10月

明新策畫主編　《阿美族語隨身詞本》　高雄市　高雄市原住民語言教育研究會　2007年9月

達西烏拉彎・畢馬，漢名：田哲益著　《原住民神話大系8──阿美族神話與傳說》　臺中市　晨星出版公司　2003年9月

劉小如等　《台灣鳥類誌第二版》上、中、下　臺北市　行政院農業委員會林務局　2012年12月

劉守華主編　《中國民間故事類型研究》　武漢市　華中師範大學出版社　2006年12月

鍾敬文主編　《民俗學概論》　上海市　上海藝文出版社　1998年12月初版、2009年6月重印

臺灣民間故事形態研究
——以《周成過臺灣》與《林投姊》為例

洪群翔

摘要

　　本研究自胡萬川《臺灣民間故事類型：含母題索引》與林藜《臺灣民間傳奇》中，選錄出AT779**【女鬼復仇】《周成過臺灣》與《林投姊》此極富臺灣本地文化特色且版本較多之民間故事為例，以普羅普《故事形態學》中的31+1個情節主功能項與七大角色行動圈為主要研究方法進行論述。

　　藉由明確定義31+1功能項的出現順序、變化與支線等圖式分析，配合七大行動圈，可確實地呈現同一類型故事中，各不同版本的細微變化，討論母題索引無法呈現故事變型後，情節順序與角色定位改變所帶來的影響，對此故事的局部情節與角色類型作微觀之分析比較。

　　繼而探討故事形態學是否能應用於臺灣民間故事？以其所完成的分類是否會與AT分類結果相近？

　　希冀能以故事形態學此類較具完整邏輯結構的研究方法，替臺灣民間故事研究與讀者的文學知識庫內之基模多盡一份心力。

關鍵字：臺灣民間故事、普羅普故事形態學、女鬼復仇、林投
　　　　姊、周成過臺灣

一　前言

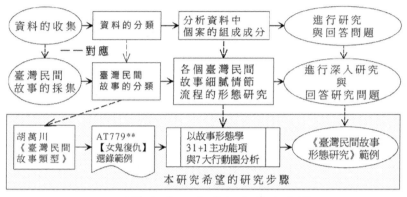

圖 1　本研究進行步驟示意圖

　　本研究以普羅普《故事形態學》[1]為主要研究方法，進一步將原俄文代碼微調為適合今次使用之「《故事形態學》Dark版代碼」[2]。

　　並在胡萬川《臺灣民間故事類型：含母題索引》此範圍中，選出臺灣特有之民間故事、卻又不屬於神奇故事的類型：AT779**【女鬼復仇】[3]進行分析。

1　有關此研究方法的詳盡介紹，可見賈放譯的《故事形態學》或拙作碩論〈從《故事形態學》談幻想小說中雙主人公的信任與合作——以《黑暗元素三部曲》為例〉第壹章第四節研究方法及進行步驟，頁22-39。

2　有關「《故事形態學》Dark版代碼」詳細調整理由與相關對照請詳見拙作碩論以下部分：
　　一、調整理由：頁29-37。
　　二、命名規則：附錄二《故事形態學》Dark版代碼命名規則、簡述與速查表（頁216-220）。

3　詳情請見本文「貳、AT779**【女鬼復仇】之故事緣起」，此類英文原名為AT 779-Miscellaneous divine rewards and punishments.

因篇幅限制，筆者更進一步挑選出單一作者林藜之《臺灣民間傳奇》系列在【女鬼復仇】類型裡的〈殺妻現世報〉與〈怨女林投姊〉兩故事，在以下兩個明確的控制變因下進行研究比較：

一、同一作者、同一文風與筆觸

二、同一書系、同一排版與校對模式

最終，試圖分析以下兩個研究問題：

一、故事形態學能否分析臺灣民間故事？

二、選用之臺灣民間故事的故事形態學分類會否與原AT分類相同？

二　AT779**【女鬼復仇】之故事緣起

《臺灣民間故事類型》AT779**【女鬼復仇】之故事來源可簡表如下：

表1 【女鬼復仇】二故事原型表

故事原型	故事名稱	文獻來源文本			作者	出處頁數
《周成過臺灣》	周成過臺灣	臺灣畫刊			爵余	32-33
	殺妻現世報	臺灣民間傳奇	1		林藜	147-158
《林投姊》	怨女林投姊		4			191-200
	林投姊	臺灣民間文學集			李獻璋	193-204
	林投姊	臺灣民俗			吳瀛濤	365

由上表可知，【女鬼復仇】是由二大民間故事《周成過臺灣》與《林投姊》歸類而成的。胡氏在該書中對此分類如此解釋：

本類故事未見於丁乃通《中國民間故事類型索引》、金榮華《中國民間故事集成類型索引》及艾伯華《中國民間故事類型索引》。由於臺灣本地代表的故事「林投姐」內容，著重在以超自然力量懲處負心漢，而 AT779 類型，主要的是各式各樣的神之處罰與獎賞，故將本故事歸於此類。另外， AT 原有 512B* 【鬼復仇】一類，但主要內容和神鬼善惡報應無關，情節與母題和本故事有明顯差異，故本索引將「林投姊」一類故事另編為 AT779** 類型。

此為本索引新編子類。（頁146-147）

（一）《周成過臺灣》之故事緣起

《周成過臺灣》為臺灣知名民間故事，其真實性看法兩極，一種主流看法認定此為虛構故事；但，亦有另一觀點以大量的鄉野調查資料為基礎，認為此乃真人真事。此故事甚至被歸為「清代臺灣四大奇案」[4]之一，與本研究另一範本《林投姊》並稱，其不僅為盛名故事，其改編作品更是類型繁多，從一九一一年代起的新劇（話劇）、歌仔戲到電影等，知名度可見一斑。

在王釧芬《周成過臺灣的傳述》中，將此故事的形成背景作了幾點較重要分析，如清末移民偷渡、攜眷、男女比例失調、

---

4 清代臺灣四大奇案，又稱臺灣四大民間奇案，有諸多種說法，連曉青一九七二年國鋒出版的《臺灣四大奇案》中定為《周成過臺灣》、《林投姊》、《呂祖廟燒金》與《瘋女十八年》。資料來源：王釧芬：《周成過臺灣的傳述》，頁241。

羅漢腳、重商社會風氣、大稻埕與淡水港的興起等[5]。王氏更將《周成過臺灣》視為臺灣民間文學中的一個亞型，並稱之為「負心漢」文學[6]。

整體而論，《周成過臺灣》雖有諸多改編變形版本，但故事要素大體不脫發生在清末、周成祖籍福建、臺灣故事地點於大稻埕一帶、富貴易妻、拋家棄父母妻子與最終惡有惡報等大綱範圍。

在胡萬川《臺灣民間故事類型：含母題索引》AT779**【女鬼復仇】裡，原型為《周成過臺灣》的故事範例有下表所述二者：

表 2 《周成過臺灣》緣起資料表

	爵余〈周成過臺灣〉	林藜〈殺妻現世報〉
時間	清道光	
大陸家鄉	福建泉州安侯縣龍河村	福建安溪縣
臺灣場景	臺北新埔	臺北大稻埕九間仔
女主人公	金枝	
男主人公	周成	
家長（派遣者）	周溫	
女對頭	阿麵仔	阿麵
主要相助者	郭添	

本研究以林藜的〈殺妻現世報〉為主要文本。

5　《周成過臺灣的傳述》，頁13-35。
6　《周成過臺灣的傳述》，頁179-195。

（二）《林投姊》之故事緣起

　　《林投姊》亦為臺灣知名民間故事，除與《周成過臺灣》合稱清代臺灣四大奇案外，又因其多數版本的發生地點為臺南周邊，故又被歸為「府城三大奇案」[7]之一。其衍生改編作品與時代亦十分眾多，除歌仔戲外，更於一九五六、一九七九與一九八八年三度改編為電影，還有歌曲傳頌。

　　除了與《周成過臺灣》同樣包含「負心漢文學」的要素外，林道衡亦認為《林投姊》源自於大陸的《望夫傳說》[8]，故《林投姊》的故事亞型大致有二：負心漢型與望夫型。其名稱由來與發生地點亦眾說紛紜，但其中一較為主流之說法為：「林投姊並不是發生在現今臺灣北部的林投，而是女主人公在中南部某地的『林投樹林』中吊死或鬼魂出沒於此。」[9]綜觀而言，《林投姊》雖亦版本繁複，但故事核心要素仍多以清末發生、故事地點於臺灣中南部、女主人公遭伴侶拋棄、死於林投樹林內、化為鬼魂等大綱範圍，而渡海、銀紙買粽與追夫索命的情節則並非每個版本均有。

　　胡氏《臺灣民間故事類型》AT779**【女鬼復仇】內，原型為《林投姊》之故事範例有下表所述三個：

7　府城三大奇案分別為：《林投姊》、《呂祖廟燒金》與《陳守娘顯靈》。資料
　　來源：《周成過臺灣的傳述》，頁241。
8　府城三大奇案分別為：《林投姊》、《呂祖廟燒金》與《陳守娘顯靈》。資料
　　來源：《周成過臺灣的傳述》，頁241。
9　《周成過臺灣的傳述》，頁211-212、229、236。

表 3 《林投姊》緣起資料表

	林黎〈怨女林投姊〉	李獻璋〈林投姊〉	吳瀛濤〈林投姊〉
時間	清道光、咸豐	無詳述	古時
大陸家鄉	唐山興化		泉州
臺灣場景	臺南縣鹽水鎮	米市仔	臺南火車站
女主人公	林投姊		
丈夫	文書差吏柯姓師爺	來臺管府	商人
贈與者	賣肉粽老頭	賣肉粽的阿片仙	賣粽者
相助者	新差吏	新衙役	無詳述

　　而本研究基於篇幅有限與盡可能控制更多變因以保分析之可靠性，優先選用同作者林黎且亦為負心漢型的〈怨女林投姊〉為例。

三　AT779**【女鬼復仇】之情節功能項形態分析

（一）林黎，《臺灣民間傳奇》1，〈殺妻現世報〉（頁147-158）

　　林黎此版的《周成過臺灣》採雙主線的寫作方式，是故筆者進行故事形態情節分析時也拆解成雙主線，分號之前項為男主人公周成主線，後項為女主人公金枝。除記錄故事形態學的「回合」概念外，在此同時亦可應用起承轉合的概念加以分段。

　　起，第一回合開始，楔子，倒敘結局周成之死進入故事

【I+H；I】[10]。調查人員到場，血案現場只剩下周成之子哭喊爸爸【V7；V7】，案情成謎【Zr；Zr】。

第二回合開始，事說從頭，倒敘簡述主人公唐山背景：家族收成不好【Mot+Ah5+V3；Mot+Ah5+V3】。周成決定到臺灣賺錢，金枝囑咐周成賺了錢就回家【S；Brw2】，夫妻分離【＜；＜】。

男主人公主線之承，周成離家渡海來臺【↑+R2；】，得到同鄉幫助【Dr2；】【Gr2；】，賺了大錢【Z4；】。朋友帶周成花天酒地，遇見了妓女阿麵【Grw1；】，他因此陷入酒色【G1；】，違背了金枝的囑咐【Bh1；】。周成錢財耗盡，仍執意要找阿麵，遭到保鏢毆打【Prp6+A6；】。

男主人公主線之轉，失意之餘，遇到了也想自殺的郭添【Dr2；】，兩人一見如故【Gr2；】，拜把行商又賺了大錢【Z9=Srp5+Z4；】。有了錢，周成故態復萌，又與妓女阿麵鬼混【Grw1；】【G1；】【A8；】。

女主人公主線之承，第三回合開始，郭添無奈，將周成悖德消息傳回唐山。老父母周溫夫婦氣死【Vh3；W2+V4】。

金枝得到鄰居同情相助【；Dr2】【；Gr2】，葬公婆並湊船費【；Z1】，攜子渡海來臺尋夫【；S+↑+R2】。

女主人公主線之轉，好不容易找到周成家【；Lr2】，卻被周成新家人為難【；Zr】，金枝立刻表態自己是周成之妻【；P】，才見到周成【＞d；＞d】。但周成卻不認金枝【Yneg；Y】。夥計追打金枝【；Prp6】，郭添恰好回來，問清狀況救了金枝【；Srp5】。

---

10 因篇幅與求行文流暢之故，筆者忍痛在本文中，刪去了此二故事的故事形態學功能項分析表格與圖式化，詳情可參見拙作碩論，或寫信予筆者：darkakia@gmail.com。

第四回合開始，翌日郭添發現金枝失蹤但沒多問，直到一個月後郭添再回來，就看見了血案【V8d；V8d】。保正分析案發經過【Mot；Mot】。

第五回合開始，再度倒敘，故事回到金枝失蹤當晚，阿麵蠱惑周成殺金枝【Grw1；】，他答應了【G1；】。阿麵假意煮了甜湯給金枝喝，卻在湯內下毒【Fr；A14】。金枝死後，留下孩子。

一個月後，血案當晚，周成以為金枝化厲鬼追殺自己【Br1+Prp6；Br1】。周成把阿麵當金枝殺死，再殺夥計【Prneg；Pr1+H】。

合，周成醒來畏罪，先道出恩怨始末【P；】，托孤郭添【V7；】，隨後自殺【Srpneg；H】。

（二）林藜，《臺灣民間傳奇》4，〈怨女林投姊〉（頁191-200）

林藜此版的《林投姊》相較於前一個故事，以故事形態學來分析時，僅為單主線且單回合結束，但，仍可應用起承轉合之原理來分段。

起，楔子【I】。

丈夫欺騙林投姊，約假會面點【Grw1】，林投姊上當【G1】。丈夫帶孩子先離家【A1+E1】。

承，林投姊離家出發赴約【↑】，卻發現丈夫違約失蹤【Ah1*d】。只好前往丈夫上班的衙門打聽【Vh3】，才從丈夫

同事口中得知他已回唐山的消息【W2+V4】。林投姊無法接受
這樣的打擊，最終自殺為鬼【K3+T4】。

　　一天深夜，一個賣肉粽的老頭遇到了林投姊鬼魂，詢問她要
買多少肉粽？林投姊全買了【Dr2】【Gr2】。事後賣肉粽的老
頭才發現賺得的是冥紙，驚恐中大病一場。此後女鬼出沒的消息
便四處流傳【Z10d】。

　　一個新上任的差吏不信邪，與人打賭要看有沒有傳說中
的女鬼，卻因此碰到了林投姊。新差吏詢問林投姊前因後果
【Dr2】，她下跪請新差吏幫忙【Gr2】，新差吏同意助林投姊
尋夫【Z9】。

　　轉，幾年後新差吏任滿要返鄉，依約帶著林投姊渡海
【S+R2】。

　　經過一番打聽，找到了丈夫，他認出了林投姊的鬼魂
【Y】。

　　林投姊的鬼魂開始追捕丈夫【Br1】【Pr1】。

　　合，逃無可逃的丈夫最終失心瘋而自殺【Lr1】【H】。

四　AT779**【女鬼復仇】之角色行動圈分析

表4 林藜兩版本【女鬼復仇】角色7大行動圈表

行動圈		對應之角色	
編號	名稱	第1集〈殺妻現世報〉	第4集〈怨女林投姊〉
1	對頭（加害者）	周成和妓女阿麵	丈夫
2	贈與者（提供者）	周成同鄉、郭添與金枝鄰居	賣肉粽老頭與新差吏

3	相助者	周成方的郭添	林投姊方的新差吏
4	公主（要找的人物）及其父王	周成	丈夫
5	派遣者	周成父母	丈夫同事
6	主人公	雙主人公：周成與金枝	單主人公：林投姊
7	假冒主人公	無	無

　　在林藜的〈殺妻現世報〉和〈怨女林投姊〉中，角色於故事形態學7大行動圈中的分布，可說是尚稱完整且典型，僅「7、假冒主人公」一項須加討論。

　　無疑地，在單主線、單回合的〈怨女林投姊〉裡，是肯定沒有「7、假冒主人公」的。

　　但，在雙主線、多回合的〈殺妻現世報〉（原型：《周成過臺灣》）就可能有相當的討論空間。所幸，這點可在仔細研讀並分析《故事形態學》後，得到判斷的方向[11]，可將大致比較簡列為下表：

表 5 〈殺妻現世報〉雙主人公歷經功能比較表

行動圈		包含之功能項	俄文原碼	功能項編號	Dark代碼	周成	金枝
編號	名稱						
6	主人公	動身去尋找	C ↑	10、11	S ↑	○	○
		對贈與者要求的反應	Γ	13	Gr	○	○
		面對難題	З	25	Zr	○	○
		解答難題	Р	26	P	○	○

---

11 詳見拙作碩論第貳章第三節主人公與雙主人公的定義與研究範圍，頁62-71。

7	假冒主人公	對贈與者要求的反應─總是負面的	「neg	13	Grneg	×	×
		欺騙性的圖謀	Φ	24	Fr	○	×
		無法解答難題	Pneg	26	Pneg	×	×

從上表可知，於〈殺妻現世報〉裡，周成與金枝兩人基本上都完成了「6、主人公」的基本功能項要求，都包含了「動身去尋找（C↑；S↑）」和「對贈與者要求的反應（Γ；Gr）」等狀況，故兩者都有成為主人公的資格。

可，若單以周成為主人公的立場而言，金枝忤逆且質疑他，她有被判斷為假冒主人公的可能性。

而單以金枝為主人公的立場看，周成背叛她，周成亦有分向假冒主人公之機會。

但，「6、主人公」與「7、假冒主人公」有諸多差異，如：「假冒主人公會欺騙主人公，提出非分要求，欺騙性的圖謀（Φ；Fr）」和「面對難題（З；Zr）時，假冒主人公答不出來（Pneg；Pneg），而主人公有辦法解答（P）」。

以周成為主人公的立場，金枝並無對周成進行任何欺騙（Φ；Fr）。

而無論以周成或金枝為主人公的立場，雙方都能解答所有難題（P）。

是故，〈殺妻現世報〉中的周成與金枝均符合「6、主人公」的基本要求，且均不符合「7、假冒主人公」，所以可視為雙主人公故事。

五　〈殺妻現世報〉與〈怨女林投姊〉之故事形態比較

（一）《周成過臺灣》與《林投姊》於文學研究之比較

雖胡氏以AT分類法將《周成過臺灣》與《林投姊》視為同一類型AT779**【女鬼復仇】。但仍有部分臺灣的文學研究會將此二故事視為不同類型，如王釧芬《周成過臺灣的傳述》第三章故事情節的演變及分析中，就如此論述：

> 林投姐傳說故事與周成傳說故事，都是流傳在臺灣地區的負心漢傳說故事。……因為兩者有共同的母題，所以容易被混淆，甚至被複合為新的故事亞型。
> 林投姐故事與周成故事在內容上雖然很接近，但在故事的進行方向、人物身分上仍有不同。……林投姐故事中的周亞思，是先由大陸渡臺後回大陸定居，先因經濟又因而渡臺，後又回歸大陸。但顯然的，周、林故事敘述者，是站在邊陲立場說話的。因此周成之子，在臺定居，得義弟的扶養，成為富商。而周亞思的子女雖然無辜，卻被冤魂趕盡殺絕。
> ……林投姐的故事中，周亞思是別娶黃花閨女，而遺棄在臺的寡婦，這顯然又趨向於傳統負心漢文學。這些都是林投姐與周成故事的差異處。（頁84）

但，筆者認為：要探討任何故事的角色、情節與環境等結構性要素，而非文字修辭等文學技巧時，應當要以完整且有邏輯的結構性研究方法去判斷，特別是探討「特定故事是否歸屬於某一類型」的議題時更是如此。

誠如鍾宗憲於《民間文學與民間文化采風》中所述：

幾乎所有的民間文學研究者都同意民間文學有五個特質：自發性、集體性、口頭性、傳承性、變異性[12]。（頁14）

完全同樣的角色、情節與環境，會因為作者、敘述者或說演環境的不同，而出現變化，但不全然；特別是民間故事，並不會因龜兔賽跑的龜從巴西龜換海龜，兔從野兔換彼得兔，就成為完全不同類型。

從這五大特質中，可得知：「沒有特定隱含讀者（the implied reader），任何人都可以是演說者或聽眾，正是民間文學最大的特色之一。」因此，不該因故事角色或情節略有變化便輕易將之分為不同類型，需進行完整的結構性論述去探討。

而讀者反應理論（Reader-Response）的理論家依瑟爾（Wolfgang Iser）提出「文本假定讀者有文學和人生知識，稱為『文學知識庫（repertoire）』。」[13]

文學知識庫就是「基模（schemata）」與「互文性（intertextuality）」等文學性的寶藏所在。

---

12 原書註：如：祁連休、程薔主編：《中華民間文學史》（石家莊市：河北教育出版社，1999年）頁15；葉春生：集體性、口頭性、便異性、傳承性，《簡明民間文藝學教程》，頁35。

13 培利・諾德曼、梅維絲・萊莫：《閱讀兒童文學的樂趣》（臺北市：天衛文化出版社，2009年3月），頁31。

普羅普《故事形態學》正是探討「基模」等文學知識庫的結構性研究方法。

（二）〈殺妻現世報〉與〈怨女林投姊〉為同一故事形態類型

由以上故事形態分析，可知兩版【女鬼復仇】實為異中有同，比較如下：

表6 林藜兩版本【女鬼復仇】比較表

	第1集〈殺妻現世報〉	第4集〈怨女林投姊〉
故事原型	《周成過臺灣》	《林投姊》
敘述時序	倒敘	順敘
主人公數	雙主人公：周成與金枝	單主人公：林投姊
情節拆解難度	較複雜	較單純
故事主要場景	臺灣北部大稻埕	臺灣中部或南部的林投樹林
孩子相關情節	周成初始掠走（對頭掠走一人，A1）	林投姊帶子投奔
主要相助者	周成方的郭添	林投姊方的新差吏
主要對頭	周成和妓女阿麵	丈夫
林投姊死因	被毒殺（對頭動手殺人，A14）	自殺（合理形式變身：自殺為鬼，T4）
林投姊化鬼？	無詳述	有明確情節
丈夫死因	自殺	自殺

從上文細細推論，若除去兩故事寫作上的文學技巧展現，如

寫景、寫情、順敘與倒敘等部分，回歸民間故事最基本的「口傳故事」核心，以故事形態學去研究，此兩故事在角色行動圈與情節上關鍵的差異可條列如下：

（一）主人公數量不同

（二）主要相助者為不同角色，且所屬主線不同

（三）主要對頭不同，丈夫在兩版本均為對頭；但〈殺妻現世報〉周成身兼男主人公與女主線之對頭雙重行動圈，且對頭還多了妓女阿麵

（四）孩子在〈殺妻現世報〉故事伊始即被周成帶走，而在〈怨女林投姊〉中則留在林投姊身邊，且此二情節橋段所用之功能項不同

（五）女主人公死因不一，功能項不同。

乍看下，以故事形態學細部分析此二故事時，會因其使用的功能項略有不同，而誤以為其違反了「普羅普四通則」，很可能使部分《故事形態學》讀者誤判《周成過臺灣》與《林投姊》為「二類完全不同的故事」。

於《故事形態學》第二章方法與材料中，設定來規範「角色的功能」這些功能項基本規則的「普羅普四通則」原文如下：

功能指的是從其對行動過程意義角度定義的角色行為。

上述觀察可以用以下方式概括為：

一、角色的功能充當了故事的穩定不變因素，它們不依賴由於誰來完成以及怎樣完成。它們構成了故事的基本組成成分。

二、神奇故事已知的功能項是有限的。

三、功能項的排列順序永遠是同一的。

四、所有神奇故事按其構成都是同一類型。（頁18-19）

因此，可依照此四通則逐一論述「為何以故事形態學來分析，《周成過臺灣》與《林投姊》為同一類型故事？」將此二故事情節的故事形態學功能項流程簡析如下，便能明確地看出其完全相同之基本結構：

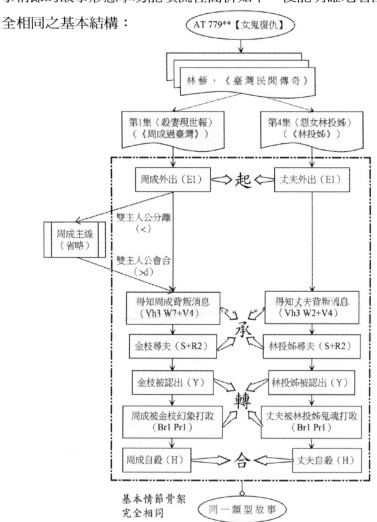

圖2 林藜兩版本【女鬼復仇】情節之故事形態學圖式簡析

　　面對通則「一、角色的功能充當了故事的穩定不變因素，它們不依賴由於誰來完成以及怎樣完成」與「三、功能項的排列順序永遠是同一的」，從上圖中，可知此二版本【女鬼復仇】的基本故事形態學功能項骨架均為：

E1 Vh3 W2+V4 S+R2 Y Br1 Pr1 H

　　因此，這二版本【女鬼復仇】符合通則一與三。

　　談到通則「二、神奇故事已知的功能項是有限的」，此二版本【女鬼復仇】一致化之情節功能項骨架，並無超過故事形態學俄文原版代碼的範圍，甚至可以完全轉換回去如下：

e¹ в³ w²—В⁴ C—R² УБ¹ П¹ H

　　因此，這二版本【女鬼復仇】亦符合通則二。

　　來到通則「四、所有神奇故事按其構成都是同一類型」，此二版本【女鬼復仇】其實亦不違反通則四；首先，通則四本就是前三項通則的總結，只要完全符合前三通則，自然不可能違反通則四；其二，普羅普故事形態學起於研究俄國民間故事中AT300-749的特定神奇故事。「神奇故事」只是類型名稱，隨時可以代換。且《故事形態學》中如此解釋：

　　　　如果功能可劃分出來，那就可以追蹤研究哪些故事具有相
　　　　同的功能項。這些具有相同功能項的故事就可以被認為是
　　　　同一類型的。（頁19-20）
　　　　如果一個功能項在敘述中位於按規範不是它所應該在的地
　　　　方，就把它登記在它實際所在之處。……這類情形極其少
　　　　見，並且沒有改變一般規律性的格局，不過是一些變動而
　　　　已。（頁136）

普羅普意即：「有大體相同功能項與情節順序的故事就可被認為是同一類型，部分功能項或排列順序不同僅是故事版本變體。」[14]

畢竟民間故事會隨著敘述者、聽者與說演情境的不同而略有變化。

因此，以故事形態學分析，林藜〈殺妻現世報〉與〈怨女林投姊〉確為同一類型。

（三）《周成過臺灣》與《林投姊》故事形態分類與原AT分類結果

但，《周成過臺灣》與《林投姊》所屬的AT779**【女鬼復仇】與故事形態學分類的是否為完全同一種類型呢？

此時，就得比較【女鬼復仇】之母題，是否與此次研究所得故事形態學情節骨架功能項是否相同了。

表7 【女鬼復仇】母題與故事形態學骨架功能項比較表

普羅普《故事形態學》			AT分類	
俄文代碼	Dark代碼	功能簡述	母題編號	母題內容[15]
e¹	E1	丈夫外出	K2232.1	不忠的丈夫背叛妻子的愛且拋棄她(Treacherous lover betrays woman's love and deserts her.)
в³	Vh3	通過他人來刺探		
w²	W2	主人公得知對頭消息		
B⁴	V4	災難被告知	S62	殘忍的丈夫 (Cruel husband.)

14 完整推論詳見拙作〈從《故事形態學》談幻想小說中雙主人公的信任與合作──以《黑暗元素三部曲》為 〉（頁32-34）。

15 此處母題編號與內容均摘自胡萬川：《臺灣民間故事類型：含母題索引》，頁145-147。

C	S	主人公決定反抗	S144.1	獨自一人被拋棄在異鄉 (Abandonment alone on foreign coast.)
R2	R2	他在陸地或水中行駛		
У	Y	主人公被認出	E211	死去的情人騷擾不忠的愛人 (Dead sweetheart haunts faithless lover.)
Б1	Br1	他們在野外作戰	E234.0.1	鬼回來復仇 (Ghost returns to demand vengeance.)
			E293	鬼嚇人 (Ghost frighten people/ deliberately.)
П1	Pr1	對頭敗於公開戰鬥	E411.1.1	自殺者無法入土為安 (Suicide cannot rest in grave.)
			E425.1.1	亡魂化為白衣女子 (Revenant as lady in white.)
H	H	對頭受懲	E451.9	當復仇完成之後鬼魂才安息 (Ghost laid when revenge is accomplished.)

　　故，在【女鬼復仇】所有母題均能在本次故事形態學情節骨架功能項中找到對應者。因此，可暫下一小結：「《周成過臺灣》與《林投姊》故事形態學分類與原AT779**【女鬼復仇】大致相同。」

六　結語

（一）小結

　　經本文以林黎兩版本〈殺妻現世報〉與〈怨女林投姊〉為例的論證後，大體上可得知：故事形態學經細微調整後，應可在AT分類的基礎上，合理應用於臺灣民間故事研究。

　　雖然，僅有AT779**【女鬼復仇】這一案例支持此論點仍稍顯不足；故事形態學要完全適用於絕大多數臺灣民間故事還需多少調整？仍得進一步的研究與更多故事的分析論證，而這便是筆者繼續努力的方向。

　　在「臺灣民間故事形態研究」的旅途上，筆者已約略進行了下列幾小步：

　　一則，藉碩士論文〈從《故事形態學》談幻想小說中雙主人公的信任與合作——以《黑暗元素三部曲》為例〉推論出：「普羅普故事形態學不僅可使用在原始研究範圍——俄羅斯民間故事AT300-749的特定神奇故事，亦能應用於《黑暗元素三部曲》這類現代、非俄語、文學創作的幻想小說。」

　　第二步，便是此文〈臺灣民間故事形態研究——以《周成過臺灣》與《林投姊》為例〉檢驗：「故事形態學應可用於臺灣民間故事，且可擴展於其他AT類型的民間故事。」

　　第三步，將前兩小步做一邏輯推論上的連結：「故事形態學是否可用於臺灣民間故事改編之文學創作？」進行了〈慶典童話故事形態研究與閱讀——以《胎記龍飛上天》為例〉的寫作。

　　往後可能會在故事形態學的基礎上，試著以格雷馬斯（A.J.

Greimas）語義結構學中的「角色模式」（modèle actantiel）進一步微調普羅普的七大行動圈，對更多研究文本之角色進行更深入的分析。

（二）餘語──對故事形態研究的原動力與方向

行文至此，可能會有些讀者浮現起因性或利益性的問題：「對臺灣民間故事作形態研究到底有何用處？對閱讀或創作到底有什麼幫助？」

筆者目前以兩個概念作為持續研究的動力：

（一）故事形態研究為文化價值與歷史研究的基石

（二）故事形態研究是基模與互文性等文學知識庫的基礎

普羅普《故事形態學》第一章問題的歷史如此說道：

> 有一個一般性的問題──故事從何而來──整體上並未得到解答，儘管這裡毫無疑義有著尚有待深入探究的發生和發展規律。可在個別局部問題方面做得更多。……不過我們敢肯定：沒有正確的形態研究，便不會有正確的歷史研究。（頁15）

若不進行故事形態研究，也許我們永遠不會知道「故事從何而來？」與「為何有這麼多毫無聯絡的民族擁有極為類似的民間故事？」

當一個孩子在對故事形態有一定程度的了解後，便能很輕易地從自己的文學知識庫中連結無數的其他故事，甚至更進一步創造出屬於他自己的新故事。

　　筆者希冀藉由故事形態研究，能替臺灣民間故事的文學研究、歷史研究或未來更多新讀者們的文學知識庫多放進一些些的材料⋯⋯

參考文獻

因篇幅限制，故在此僅列本文中有直接引用之重要書目。

一　論著

（1）中文著作（依作者姓氏筆畫排序）

丁乃通著　鄭建成等譯　《中國民間故事類型索引》　武漢市　華中師範大學出版社　2008年4月

王釗芬著　《周成過臺灣的傳述》　臺北市　里仁書局　2007年5月

李　揚著　《中國民間故事形態研究》　汕頭市　汕頭大學出版社　1996年6月

林文寶著　《兒童文學故事體寫作論》　臺北市　毛毛蟲基金會2002年3月

林文寶等合著　《兒童文學》　臺北市　五南圖書公司　2003年4月初版十刷

林　藜著　《臺灣民間傳奇（1與4）》　臺北市　稻田出版社1995年12月一版

金榮華編著　《丁乃通中國民間故事類型索引情節檢索》　臺北市　中國口傳文學學會2010年3月

胡萬川編　《臺灣民間故事類型：含母題索引》　臺北市　里仁書局　2008年11月

趙曉彬著　《普羅普民俗學思想研究》　哈爾濱市　黑龍江人民

出版社　2007年4月

鍾宗憲著　《民間文學與民間文化采風》　臺北市　里仁書局
　2006年2月

（2）外文譯著（依作者姓氏英文字母排序）

弗拉基米爾‧雅可夫列維‧普羅普（Пропп, Владимир
　Яковлевич；英譯：Propp, Vladimir Jakovlevic）著，賈
　放譯　《故事形態學》（Морфология сказки；英譯：
　Morphology of the Folk Tale）　北京市　中華書局　2006年
　11月

培利‧諾德曼、梅維絲‧萊莫（Nodelman, Perry/ Reimer,
　Mavis）著，劉鳳芯、吳儀潔譯　《閱讀兒童文學的樂趣》
　（The Pleasures of Children's Literature）第三版　臺北市
　天衛文化出版社　2009年3月

二　學位論文（依作者姓氏筆畫排序）

洪群翔　〈從《故事形態學》談幻想小說中雙主人公的信任與合
　作──以《黑暗元素三部曲》為例〉　國立臺東大學兒童文
　學研究所　2012年10月

賈　放　〈普羅普故事學思想研究：《故事形態學》、《神奇故
　事的歷史根源》、《俄羅斯故事論》為重點〉　北京師範大
　學中文系民俗學　2002年5月

質樸的傻趣
——再尋臺灣民間故事的個中滋味

原靜敏

摘要

　　臺灣民間故事是老少咸宜的讀物，也是兒童文學極重要的文類，更是創作童話的原形。近年，打破界線、透過各種形式快速傳遞新興資訊的閱讀載體，較昔時更寬泛並複雜化，相對於臺灣早期的民間故事，會否因此讓兒童失去閱讀興趣，產生隔閡？事實非如此，筆者就任職學校觀察，發現全校擁有千人以上的學童，在自由選擇課外閱讀文本時，民間故事多為其首選；這意味著儘管出版市場以銷售策略搶攻、取悅讀者的風潮仍是進行式，象徵中華民族成長軌跡的臺灣民間故事，在文學的歷史上，卻屹立不搖、自成一家；由於故事風格簡約而不低俗，人物性格鮮明，結局講究因果，反而突出故事的真味。

　　基於對臺灣民間故事的喜愛與推廣，本研究選用「上人文化事業股份有限公司」二〇〇一年五月新版的《小袋鼠親子童話屋——台灣童話三十冊》等三十本袖珍型臺灣民間故事作為研究文本，賞析故事中「傻人物的傻作為」所表現的傻趣，從中比較與歸納出反映因果報應的「傻人有傻福」、「惡有惡報」兩大特

徵，並且在「傻，並非真傻」的哲理中，看見臺灣民間故事的基調。

關鍵詞：傻人有傻福、惡有惡報

一 前言

　　民間故事是口傳文學，是先民生活經驗與智慧的積累，同時充滿想像。想像，讓故事題材更加活躍而豐富；而這些題材，正是讓兒童獲得人生的經驗、領悟美感，行善的發端。

　　民間故事是生命教育，也是美、善的教育，進一步說，民間故事的教育意義，就是善良風俗的推廣。馬景賢在《台灣民間故事集》封底寫道，民間故事幽默有趣，述說中華民族成長的故事；一代傳一代的文化結晶，在時間上似乎跟不上時代，但文化精神卻永遠不會被時代淘汰。

　　林文寶說：「我們相信兒童文學的產生，是肇始於教育兒童的需要。」（《兒童文學》，頁4）民間故事以風俗民情的「美」和「善」薰陶、感化兒童，進而培養兒童的道德情操，潛移默化了兒童的心性。

　　教育的潛移默化，始自情感，更勝於知識傳遞。民間故事就是藉著民間情感的凝聚，發揮教育的力量。透過民間故事表現生活的態度、情感與善良風俗的潛在教育，洪淑苓認為：「舉凡生、老、病、死、衣、食、住、行，各方面所觸及的細節，都可能創造出樸素、有趣的故事，傳達出庶民百姓對生活的理想、情感、信念，以及價值觀。」（《俗文學概論》，頁394）洪淑苓所述，涵蓋民間故事的精神與內涵。本研究所選《小袋鼠親子童話屋——台灣童話三十冊》即傳達百姓的「理想、情感、信念，以及價值觀」。

二　民間故事分析

　　兒童讀者心思單純，對於表現複雜人性的小說（故事）情節不容易理解。而民間故事脈絡簡潔，人物性格多「非善即惡」的單一性，兒童比較容易讀懂，從另一個方面來說，民間故事也是閱讀長篇小說的入門或橋梁。

　　非連環圖畫的《小袋鼠親子童話屋──台灣童話三十冊》，是兒童接觸民間故事的橋樑書，書扉輕盈，可供兒童隨時翻讀。又因故事簡潔，讓兒童對口傳文學更有概念。

　　本研究運用文本分析法，篩出故事人物的作為與事件所揭示的因果，藉此標示民間故事獨特的趣味。

　　筆者為確立研究對象，先後比較三家臺灣民間故事出版的套書，其一是「花旗出版有限公司」出版五本。其二是「曉明文化事業有限公司」代理出版七本。其三是「上人文化事業股份有限公司」出版《小袋鼠親子童話屋──台灣童話三十冊》作比較。就出版數量看，「花旗出版有限公司」裝幀精美，但故事題材有限；「曉明文化事業有限公司」故事文字處理細緻，但種類較少。因此選定質、量兼具的「上人文化事業股份有限公司」出版的《小袋鼠親子童話屋──台灣童話三十冊》作為分析對象。

　　以下羅列該套書書名、出版時間，並以符號標示故事呈現「傻人有傻福」與「惡有惡報」兩大特徵，方便讀者比較、對照與查詢。

《小袋鼠親子童話屋──台灣童話三十冊》		
書名	傻人有傻福	惡有惡報
1.虎姑婆	V	V
2.白賊七		
3.好鼻獅變螞蟻		V
4.老婆婆與狐狸精	V	V
5.水鬼變城隍	V	V
6.賣香屁	V	V
7.傻女婿回娘家	V	V
8.傻阿旺上街		
9.李田螺的奇遇	V	V
10.阿福相親記		
11.火金姑與水仙花		
12.彩虹和公主		
13.蛇郎君	V	V
14.小木匠阿多朵		
15.神奇的小石磨	V	V
16.蝴蝶公主		
17.濁水溪的傳説	V	V
18.賣湯圓的神仙	V	V
19.鮮奶泉		
20.金斧頭和金剪刀		
21.找鞋子立大功	V	V
22.鴨母王		
23.廖添丁的故事		

《小袋鼠親子童話屋——台灣童話三十冊》		
書名	傻人有傻福	惡有惡報
24.鄭成功大戰妖魔		
25.嘉慶君遊臺灣	V	V
26.土地公公曬白銀	V	V
27.雷公與閃電婆婆	V	V
28.黑臉祖師		
29.觀音娘娘山		
30.媽祖婆雨		

　　表內打勾者，多含本題所指特徵，未打勾者如《白賊七》、《傻阿旺上街》、《阿福相親記》、《火金姑與水仙花》、《彩虹與公主》、《小木匠阿多朵》、《蝴蝶公主》、《鮮奶泉》、《金斧頭和金剪刀》、《鴨母王》、《廖添丁的故事》、《鄭成功大戰妖魔》、《黑臉祖師》、《觀音娘娘山》、《媽祖婆雨》，故事雖講因果但未凸顯傻趣。

　　以下為「傻人有傻福」、「惡有惡報」故事整理。

　　《虎姑婆》：虎姑婆趁姊弟倆的父母出門，吃掉弟弟。姐姐爬樹，讓虎姑婆自投陷阱，躲過一劫。傻姐姐逢凶化吉，虎姑婆自食惡果。

　　《老婆婆與狐狸精》：老公公下山看朋友，狐狸趁機假扮老公公，想吃掉老婆婆。老婆婆讓狐狸精自己爬入米袋。

　　《水鬼變城隍》：有錢員外坐轎子收銀子，轎夫起貪念，把員外推入河裡變水鬼。孝順的年輕漁夫，結識水鬼，結拜為兄弟。水鬼三番兩次找替死鬼投胎，被年輕人阻攔。水鬼受年輕漁

夫感化，不再害人，終被閻王爺提升為城隍爺。

《賣香屁》：哥哥水火搶走田產。弟弟金木得到從水牛身上跳下來的蟲子。朋友的雞吞蟲子，以雞償還；雞被鄰居的狗咬死，以狗償還。狗幫金火犁田，得富商賞錢。哥哥得知，借狗回家騙錢不果，把狗打死。金木埋狗。狗墓長出黑豆樹，吃了黑豆放香屁、賣香屁，得銀兩。哥哥如法炮製，挨二十大板，自作自受。

《傻女婿回娘家》：傻女婿參加岳父生日，帶上壽聯、壽麵和肥鴨。路途丟失賀禮，只好沿路學吉祥話當贈禮。大女婿、二女婿想看傻女婿出醜，未料傻女婿搬出吉祥話，歪打正著。

《李田螺的奇遇》：富翁希望三個女兒都嫁有錢人。小女兒玉枝卻希望嫁給白手成家的人。富翁氣得把玉枝嫁給撿拾田螺維生的李田螺。夫妻兩人生活幸福。李田螺經由兔子引領，發現金磚，白眉公公稱金磚所有人是李門環。玉枝幫老乞丐洗膿包，也洗掉自己臉上的麻子。玉枝生下門環。有一次抱門環到金磚洞口，發現更多金磚而致富。後來回家為岳父慶生，買下大姊和二姐的田產。

《蛇郎君》：老樵夫不小心摘了蛇郎君的花。蛇郎君要求樵夫嫁女兒賠罪。小女兒自願嫁給蛇郎君，過美滿生活。引起大女兒嫉妒，把妹妹推入井裡。為了回到蛇郎君身邊，妹妹先後變成小鳥、竹子、麵餅，最後復活，與夫團聚。

《神奇的小石磨》：忠厚的划船人阿義帶老頭渡河，獲得小石磨。阿義利用具有法力的石磨助人。貪懶的划船人阿興偷走石磨，對著石磨要鹽，未料鹽流不止，流入甜海變鹹海，讓阿興自食其果。

《濁水溪的傳說》：山地少年葛瑪救了小兔子。小兔子變成美麗的姑娘送紫色珠子。紫色珠子是百香果種子，可以解渴。白衣姑娘為葛瑪燒飯、洗衣。白衣姑娘遭綁架，葛瑪砸破石屋、跳進石屋解救。兩人逃到清水溪邊，靠粗大的百香果藤渡河。壞人爬上果藤，被葛瑪的斧頭砍斷。壞人被水沖走，溪流從此變濁。

《賣湯圓的神仙》：八仙中的漢鍾離到高雄左營找徒弟。揮揮扇子削山成泥，泥變湯圓，他假扮賣湯圓的老頭，叫賣一個湯圓一毛錢，兩個兩毛錢，三個不用錢，村民很貪心，硬吃了三個湯圓。只有花兩毛錢買湯圓的年輕人，讓漢鍾離滿意，決定教他學習仙界本領。

《找鞋子立大功》：陳化成喜歡打抱不平，得罪無賴躲進姑媽家。姑媽勸他從軍報國。清兵對付太平天國節節敗退。未料拿大旗、轉身掉頭尋找遺失姑媽贈鞋的陳化成，嚇壞太平軍，立下大功。

《嘉慶君遊臺灣》：嘉慶太子帶王發、李永遊臺灣。吃虱目魚、看熱鬧端午，打賞王得祿表演功夫。引來王豹覬覦，反被王得祿所救。為了吃諸羅山文旦，被王豹圍攻，又得王得祿解危。後來回京城當皇帝，提拔王得祿。

《土地公公曬白銀》：土地公公到玉山曬白銀。山腳下的萬金從不貪圖白銀，死後，兒子阿榮卻一心想發財，爬上半山腰要銀子。阿榮夢見土地公公說，白銀在田裡。阿榮在稻田裡翻找不到白銀，田畝卻長出稻穗和果子。兒子收成，自是萬金先前的「播種」。

《雷公與閃電婆婆》：獵人在森林撿到肉球，肉球裡是個小男孩。小男孩被起名叫陳文玉。因為做了很多善事，後來成為雷

公，專門劈打浪費食物的人。村裡的小寡婦五娘孝順婆婆，捨不得吃米飯，卻被雷公誤以為糟蹋食物，活活將她劈死。後來玉皇大帝將兩人配對，五娘成為能用電力照明路面的閃電婆婆。故事結局圓滿。

三 傻人物的傻作為

　　故事大意揭示的端倪，那就是行為結果起自意念。故事人物充滿傻勁，在傻勁的驅使下，反生產生其它文類所無法取代的美感。滑稽的美感，特別讓兒童感到趣味。林文寶認為兒童文學的美感以滑稽為先（見《兒童文學》，頁30），民間故事的「傻趣」基調恰好在於滑稽。滑稽，乃指人物性格及其作為。兒童讀臺灣民間故事，多半會對故事主人翁給予：「好傻呵！」的印象及評價。也由於主人翁的傻性格，讓讀者忍俊不禁，備感親切。

　　蔡尚志認為民間故事強調民間百姓對生活充滿美和善的願望，實現人道精神，落實社會教育：

> 總是應合人的願望和理想：好人必有好報，壞人終會受到嚴厲的處罰或報應；人道和正義終將剋制邪惡，戰勝殘暴；可憐善良的人會得到同情和照顧，驕傲怠慢、狂妄無理的人會受到天譴；奉獻好施的人最後得到榮華富貴的報答，自私無情的人最後會落得一無所有。可以說，「民間故事」的最大意義，在於顯揚人道正義，表揚良善，警戒敗惡。每一個國家或每一個地區的「民間故事」幾乎都是如此，這正說明「民間故事」含有豐富的人文意義。

（《兒童文學》，頁160）

　　民間故事與創作故事最大的差異，在於它明確指向「顯揚人道正義，表揚良善，警戒敗惡」的「因果報應」，意在顯揚文學淨化人心的價值。它在單純的情節中闡揚真理；在純樸人物的作為中，塑造「傻人有傻福」、「惡有惡報」的「因果報應」。而「傻人有傻福」、「惡有惡報」，彼此又具對應關係。

　　「傻」是一種人生的態度，與教育部電子辭典的兩種解釋──「愚蠢、不聰慧」或「忠厚」有所不同。目前文獻對民間故事人物的種種性格，尚無歸義，因此本文試圖將「傻」解釋成不與人爭的態度，指性格單純，不圖利謀巧。但非阿旺或好鼻獅等聰明反被聰明誤的弄巧成拙。民間故事人物的質樸，以退為進，往往較「機靈者」更受歡迎。

　　傻性格塑造了傻人物；傻人物表現了傻性格。傻性格反映的作為，讓故事更有趣；尤其涉世未深的兒童，民間故事裡性格充滿傻氣的人物，會讓他們感到趣味。林良認為：「兒童文學作家為孩子寫的童話，除了故事本身的趣味以外，往往連帶著也為這個故事塑造了一個有形象、有性格的主角。這個主角，就成為孩子們念念不忘的『童話偶像』。」（《純真的境界》，頁147）此說對臺灣民間故事人物塑造具有同等意義。民間故事塑造許多傻人物，大都取決於人物性格的純真與憨厚，故事因此表現了質樸的傻趣。

　　《傻阿旺上街》中的阿旺，到處找尋遺失的白色新衣，誤把送葬隊伍當成偷衣賊：以為迎親是送葬，以為火災是迎親，以為打鐵是火災，以為打架是打鐵，最後被牛逼得跳河。阿旺的傻，

象徵不知變通的「固著」。《好鼻獅變螞蟻》的好鼻獅想上天廳到處行騙術，卻適得其反。有趣的是，兩者所做的「傻事」，反而凸顯旁觀者（讀者）的「明眼」。

不同於阿旺、好鼻獅的另一型人物，由於性格質樸、不與人爭反倒招致好運。那種帶著傻勁的處事態度，如《賣香屁》的傻人物金木不知如何向哥哥索取家產，只得到一隻從牛身上跳下的蝨子。金木善良，一隻不起眼的蝨子竟為他帶來財富。財富不是故事的重點，重點在於從未想要得到財富的人，反倒擁有財富，強調因禍得福的寓意。金木意外得到財富，是民間故事對讀者的教育，同時象徵世無爭的「後」福。

傻人有傻福，還有《找鞋子立大功》的陳化成。陳化成好打抱不平，得罪無賴躲進姑媽家。後來接受姑媽建議從軍。加入清軍，原本對付不了太平天國而撤退，但為了找尋鞋子，持大旗回轉，讓同袍誤認救兵到，因而立下大功。陳化成不工心計又念舊，使結局峰迴路轉，是典型的傻人物和傻作為相乘的「善果」。《水鬼變城隍》中的年輕漁夫，則是因為性格忠厚，三番兩次阻止水鬼朋友找替死鬼投胎，水鬼受其感召，決定不讓悲慘事件發生，閻羅王得知，反而提拔水鬼為城隍爺，水鬼進階陰間官職，源自年輕漁夫秉性忠厚。忠厚雖然不能與傻勁畫上等號，但是讀者不發現，忠厚的人，由於不攻心計、不汲汲營營於名利，反而自得福氣。

被視為傻子的作為，最初不容易受到認同，旁人甚至會為他們感到緊張，好比〈虎姑婆〉裡不設防的姐弟輕易讓老虎登堂入室；〈老婆婆與狐狸精〉老公公下山前，交代老婆婆注意狐狸精，但老婆婆不察，使狐狸精趁虛而入；〈李田螺的奇遇〉中

的李田螺不追求岳父的產業，與妻子守分過日，最後因子得福。〈水鬼變城隍〉的水鬼放棄投胎機會；〈賣香屁〉金木不與哥哥爭家產；〈蛇郎君〉的小妹不向貪心的姐姐報仇。〈賣湯圓的神仙〉中，神仙為了尋找不機巧的人做弟子，最後如願，反映了高人一等的神仙期待人性純良的一面。〈土地公公曬白銀〉，農夫的兒子不惜耗費體力登山找白銀，最後悟得勤勞耕作才能致富。故事同時傳達「要麼收穫，先那麼栽」的哲理。

主人翁的傻作為一再被強化，一方面造就故事的可看性，一方面啟示讀者，傻人不計較，最後必然得勝。簡單的說，臺灣民間故事情節精簡、素樸，其實是傻人物的傻作為造就的傻趣。從另一個角度來看，讀者在簡約的故事鋪陳中，看出口傳文學的細膩。

四　因果報應

廖祐廷在《俄羅斯與非俄羅斯童話故事中同類動物角色善惡行為之分類與分析》摘要提到：「童話世界由許許多多不同的元素碰撞出的火花，創造天馬行空的幻想世界，最關鍵的元素，就是故事中『善與惡的關係』。」不獨動物童話處處彰顯善與惡，以人物為主的童話（民間故事）更是如此，吳欣蓓摘要其碩士論文：「儒家說忠孝節義，佛教說因果輪迴，道教說神明賞罰；儒家提供了善與惡的標準。」，又說「善有善報，惡有惡報」的觀念，透過民間故事對世俗民眾構成制約力，對現代人同樣有著提醒作用。

　　「因果報應」是民間故事最強調的「結果」。「傻因」與「圓滿」，突出民間故事的「利害關係」，它有顯而易見的「目的性」，與「後解構時代」的兒童文學創作，儘量「淡化故事」的意圖迥異。朱自強說，文學思潮演變至今，「消解故事」已經成為西方現代主義的一個主張（《中國兒童文學5人談》，頁159）。意味故事的紛雜化，正一點一滴的失去其本質，這使得讀者不再注意故事究竟「說了什麼」，甚至不再追求故事的趣味或審美……。

　　追求更多新奇元素，不再講究因果關係，不強調以圓滿喜劇收場，即是故事被淡化的結果。民間故事強調故事的完整性，主要還在於它特有的「因果報應」。朱自強說：「如果一個沒有才華的人，故事再被取消掉了，作品成了什麼東西，亂七八糟的東西。（《中國兒童文學5大談》，頁160）」。網路發達的今天，任何人都擁有故事創作平臺，但這些故事過於在意「解構」的喧嘩，線索紛陳，反而失去秩序。整個創作環境彷彿走向繽紛、多元的萬花筒時代，實際上是發洩被壓抑的創作欲。

　　因為如此，懷舊情調應運而生，故事仍得還原本質，重新拉回「因」和「果」的地位。這也是民間故事始終未遭「消解」或「凍結」的原因。

　　民間故事的「因果」教化誠然濃厚，故事人物的作為必會導致圓滿或悲慘的結局。結局好壞，取決於讀者的心證，不論從哪一個「位置」或「角度」來看事件的結果，「忠厚者」的善有善報是圓滿；「不忠厚者」的惡有惡報讓圓滿更值得追求。前者堅持良善，在事件中犧牲了物質或遭致誤解，必定會在「最後」獲得補償；後者因為得到教訓，從此改過向善。少數不處理結局的

故事，留予讀者自由想像。譬如〈白賊七〉中的白賊七騙取許財主不少金錢，理應受懲罰，卻以逃到外地作結，不了了之，是民間故事處理結局的特例之一。民間故事處理結局有其慣例，筆者嘗試將故事結局分解為以下幾種套式：

甲式：傻人（良善忠厚者）＋壞人（非良善忠厚者）＋事件激盪＝結果： 好得好報

乙式：傻人（良善忠厚者）＋神仙＋事件激盪＝結果：得神仙、具法力的動物或器物相助

丙式：傻人（良善忠厚者）＋神仙＋事件激盪＝結果：恍然大悟

丁式：傻人（良善忠厚者）＋壞人（非良善忠厚者）＋事件激盪＝結果：壞人食惡果

戊式：傻人（良善忠厚者）＋壞人（非良善忠厚者）＋事件激盪＝結果：壞人食惡果＋改過向善

己式：貧窮者＋壞人（非良善忠厚者）＋事件激盪＝結局未處理

庚式：主角犧牲而昇華。

辛式（其它）：誤打誤撞、因誤會而結合

有失有得，失得相倚的結局，是臺灣民間故事的典型素材。〈賣香屁〉中的弟弟金木任憑哥哥貪心，結果得到一株黑豆樹，應列入「甲式」。

〈神奇的小石磨〉船夫善心，得神仙贈與的石磨。〈李田螺的奇遇〉中，神仙指點李田螺得金磚。〈雷公與閃電婆婆〉裡的陳文玉和寡婦五娘都是凡人，如果沒有神仙相助，不會升天成為

雷公與閃電婆。〈賣香屁〉的狗為報答主人金木的埋葬之恩，在墓地迅長一株吃了黑豆能放香屁的黑豆樹。〈賣湯圓的神仙〉收新徒弟，削下山壁泥塊當湯圓，測試村民忠誠。〈水鬼變城隍〉的富員外溺斃變成水鬼，人鬼交誼，鬼受善人感化，起了善念，做了善事，最後成為城隍爺。〈觀音娘娘山〉的孝順女孩妙善得佛陀之助，升天成佛等故事皆為「乙式」。

〈土地公公曬白銀〉中，阿榮想得到白銀，跋山涉水尋找土地公公曬在山上的白銀，土地公公說，白銀就在稻田裡。阿榮幾經翻找，發現田裡沒有白銀，卻長出稻穗和果子，全家歡喜豐收。這就是「要怎麼收穫，先那麼栽」的寓意，結局令人「恍然大悟」是「丙式」。

屬於「丁式」結局，「壞人」自食惡果的則有〈虎姑婆〉的虎姑婆，反被機伶的小姐姐設計。〈傻女婿回娘家〉輕看傻女婿的大女婿、二女婿。〈老婆婆與狐狸精〉的狐狸上當。〈蛇郎君〉貪圖富貴生活的大姐，最後跳井謝罪等。

終於知道犯錯並改過自新的「戊式」有〈賣香屁〉的哥哥水火，為自己的貪心付出代價後，積極為善。

未處理結局的「己式」如〈白賊七〉裡的白賊七欺騙了許員外後，逃到外地。

犧牲自己，成全大眾的「庚式」有〈蝴蝶公主〉的索雅和蝴蝶公主抵抗攻擊者，死後變成蘭花與溪水；〈鮮奶泉〉武達鎖住水虎和火龍變成泥。仙女變成鳳凰花。〈金斧頭和金剪刀〉，大尖哥和水社姐守在潭邊，避免壞龍侵犯。〈廖添丁的故事〉義賊廖添丁在民間劫富濟貧，最後中彈身亡。

「辛式」則有〈阿福相親記〉、〈傻阿旺上街〉和〈找鞋子

立大功〉。前者的阿福和金鳳皆未考慮自己的長相，一心想找到相貌極好的對象，結果兩人被媒婆湊成對，最初兩人相看生厭，一狀告到衙門，幸獲縣太爺開導，兩人再看對眼。〈找鞋子立大功〉的憨漢陳化成，在軍隊節節敗退之際，持大旗回頭找鞋，沒想到嚇壞太平軍使清軍轉敗為勝。

前述套式乃為一般性歸納，事實上，故事套式有的彼此對立，有的重疊性高，本文歸納的目的，是讓讀者進一步發現民間故事「因果報應」的具體結果。

民間故事的流傳，就像蔡尚智所言：好人有好報，壞人受嚴厲處罰或報應；善人會得到同情和照顧；驕傲、無理遭天譴；樂善好施，報以榮華富貴；自私落得一無所有。為人處世的道理，最終強調的仍是「因果」。回到民間故事對兒童讀者的影響，就是以因果展現教化的作用，對初次接觸人世的兒童，極具警醒作用。若將「傻」的本質視作忠厚，意味「傻」就是不夠機靈，不懂取巧，傻人與他人應對與交涉時，往往失去許多權益，「結果」並非如此。比如〈賣香屁〉的弟弟金木不和哥哥水火相爭，相繼失去田產和牲畜。弟弟雖像傻子，但性情純厚，最後吃了「黑豆樹」的黑豆放香屁，得到好處。換另一個角度看待回娘家的傻女婿，雖是百分百的傻子，丟失了為岳父祝壽的壽聯、壽麵和肥鴨，遭連襟輕看，但由於稟性良善，沿路學得的「吉祥話」卻誤打誤撞的派上用場，讓他「失之東隅，收之桑榆」。故事種種傻趣與哲理，即是它一再流傳的價值所在。

五　結語

　　林敏宜認為，「臺灣民間故事是了解臺灣先民價值思維、社會心理和審美情趣的文化資產」恰好說明臺灣民間故事的「內部」價值，本文所指「因果報應」則是它的精華所在。而本研究以《小袋鼠親子童話屋——台灣童話三十冊》作為臺灣民間故事研究範疇，意在傳揚民間故事的內涵充滿質樸的趣味。

　　「因果報應」的故事鋪陳簡單俐落，未因時代更迭而沒落，讓民間口傳文學成為特別的文體，更是文化資產。

　　讀者願意主動親近臺灣民間故事的另一因素，在於它們同時象徵臺灣島民對人、事、物以及時空背景的念舊情懷；民間故事所引發的閱讀興味，乃是基於單線故事也能具備獨特的真味——質樸的傻趣。呼籲兒童文學創作者在挖空心思、翻新故事題材、追逐標新立異的創作元素、編寫複雜而交錯的故事線之餘，能從新看待民間故事創作的基調，關心低、幼齡讀者對故事的基本需求。猶如民間故事這個不倒翁，擁有反璞歸真的特質。

參考文獻

一　文本

《台灣民間故事》　一～五集　臺北縣　花旗出版公司　2000年

《台灣囡仔聽故事》　十二冊　臺中市　曉明文化事業公司
　　2002年

《小袋鼠親子童話屋——台灣童話三十冊》　臺北市　上人文化
　　編輯委員會　2001年

二　專書（依作者姓氏筆畫順序排列）

林　　良　《純真的境界》　臺北市　國語日報社　2011年

林　　良　《淺語的藝術》　臺北市　國語日報　2011年

林文寶、徐守濤、蔡尚志、陳正治　《兒童文學》　臺北縣　國
　　立空中大學　1993年

梅子涵、方衛平、朱自強、彭懿、曹文軒　《中國兒童文學5人
　　談》　天津市　新蕾出版社　2001年

曾永義　《俗文學概論》　臺北市　三民書局公司　2003年

三　學位論文（依作者姓氏筆畫順序排列）

林敏宜　《臺灣民間故事中正義的面貌》　臺東市　國立臺東大
　　學兒童文學研究所論文　2003年8月

廖祐廷　《俄羅斯與非俄羅斯童話故事中同類動物角色善惡行為

之分類與分析》　臺北市　中國文化大學　2011年

吳欣蓓　《臺灣民間故事報應觀研究》　高雄市　國立中山大學

中國文學研究所論文　2012年

文學研究叢書·兒童文學叢刊 0809005

質樸傻趣：尋找臺灣民間故事箇中滋味
(臺灣民間故事研討會論文集)

主　　編	孫藝玨
責任編輯	吳家嘉
特約校稿	李奇璋
發 行 人	陳滿銘
總 經 理	梁錦興
總 編 輯	陳滿銘
副總編輯	張晏瑞
編 輯 所	萬卷樓圖書股份有限公司
排　　版	許佳臻
印　　刷	百通科技股份有限公司
封面設計	徐毓蔚

發　　行　萬卷樓圖書股份有限公司
　　　　　臺北市羅斯福路二段 41 號 6 樓之 3
　　　　　電話 (02)23216565
　　　　　傳真 (02)23218698
　　　　　電郵 SERVICE@WANJUAN.COM.TW
大陸經銷　廈門外圖臺灣書店有限公司
　　　　　電郵 JKB188@188.COM
香港經銷　香港聯合書刊物流有限公司
　　　　　電話 (852)21502100
　　　　　傳真 (852)23560735

ISBN 978-957-739-834-5
2013 年 11 月初版

定價：新臺幣 280 元

如何購買本書：

1. 劃撥購書，請透過以下郵政劃撥帳號：
　 帳號：15624015
　 戶名：萬卷樓圖書股份有限公司
2. 轉帳購書，請透過以下帳戶
　 合作金庫銀行　古亭分行
　 戶名：萬卷樓圖書股份有限公司
　 帳號：0877717092596
3. 網路購書，請透過萬卷樓網站
　 網址 WWW.WANJUAN.COM.TW

大量購書，請直接聯繫我們，將有專人為
您服務。客服：(02)23216565 分機 10

如有缺頁、破損或裝訂錯誤，請寄回更換

國家圖書館出版品預行編目資料

質樸傻趣: 尋找臺灣民間故事箇中滋味(臺灣
民間故事研討會論文集) / 孫藝玨主編. –
初版. -- 臺北市 : 萬卷樓, 2013.11
　　面 ；　公分. -- (文學研究叢書)

ISBN 978-957-739-834-5(平裝)

1.民間文學 2.民間故事 3.文集 4.臺灣

863.5807　　　　　　　　　　102024178